戦争しない国が好き！

女子学院中学生が綴った日本の戦争22話

おのだ めりこ 編著

高文研

✺——もくじ

Ⅳ　原爆

Ⅴ　戦場の悲惨

Ⅵ 敗戦

カバー絵・章扉イラスト……………今日　マチ子
装丁・商業デザインセンター………増田　絵里

この本を手にしてくださった方へ

おのだ　めりこ

虹立つや戦争しない国が好き

右の句は、二〇一四年度国民文化祭俳句大会で文部科学大臣賞を受賞した茨城県在住の高校三年生、相澤樹来《じゅら》さんの作品です。初夏の雨上がりの空に大きな虹がくっきりとかかっている。その空の下で、人々は平和に、それぞれの生活を営んでいる。その平和がいつまでも続いてほしい、争いのない国であり続けてほしい――そんな思いを、美しい虹に託して詠んだ句だと思います。

梅雨空に「九条守れ」の女性デモ

同じ年、同じ季節に詠われたこの句の作者は、一九四〇（昭和15）年生まれの埼玉県在住の女性です。幼心にも、東京郊外への米軍機による空襲に脅えた記憶を持っておられ、さらに、何人かの身内を戦争で亡くされているとのことです。

戦争が終わって今年で七〇年、その間、日本の国はただの一人も武力によって他国の人を殺さず、自国の民も殺されることのない歳月を刻むことができました。それはひとえに、永久の不戦を誓った憲法九条に守られてきたからではなかったか。しかし今、その憲法が危うい状況にある――この句の筆者は、そのことを強く感じておられるゆえに、女性たちのデモの隊列に心を寄せられたのだと思います。

今、憲法を変えようという政権の動向に危機感を抱いている人は少なくありません。特定秘密保護法や集団的自衛権行使容認の動向に見られるように、日本が再び「戦争をする国」になっていくのではないかと危惧する人々が筆者の周りにも大勢います。期せずして同じ時期に、高校三年生と七〇代半ばの女性によって詠まれたこの二つの句も同じ思いで、そのことを問うているのではないでしょうか。

一九四五年八月に敗戦を迎えた戦争（アジア太平洋戦争）では、各国で多くの人々が犠牲者となりました。日本では、軍人・民間人を合わせ三一〇万人以上の尊い生命が失われました。広島・長崎の原爆で約二〇万人、東京大空襲では一夜で一〇万人、また国内で唯一戦場となった沖縄では県民の四人に一人、二〇万人が犠牲となったのです。

いまこの平和な時代、わずか一発の爆弾で、数十万人もの人々が平和に暮らしていた街がひとたまりもなく廃墟と化すなどということが想像できるでしょうか。一夜にして一〇万人もの人々の命が失われるなどということが考えられるでしょうか。しかし、それが戦争というものだったのです。

✤書くことは学ぶこと――創作的表現の試み

そうした無謀な戦争を再び繰り返してはならない。そのためには戦争を体験した方から戦争の実態・実相を聞き取り、それを学び、語り継いでいくことが何より大切です。そう考えて、筆者の勤務した東京の女子学院（一八七〇年創立。私立中高一貫校）では、一九八〇年夏から、国語科が、中学三年生を対象に、夏休みの課題として「身近な人たちの戦争体験聞き書き学習」に取り組みました。（当時）戦後三五年が経過し、保護者の中にも戦争を知らずに育った世代が少なくないことを知ったのがきっかけでした。

このままでは戦争体験が風化《ふうか》していく。戦争を語り継ぐものがいなくなる時、再び戦争への道を歩む危険が生まれるのではないか。戦争について語ってくれる人がいる間に、それを聞いて、書いて、心に刻む作業を生徒たちに課したい。「戦争する国」へのブレーキ役を担ってもらうためにも――。

生徒たちに課した課題は、以下のものでした。

・身近な人の戦争体験を聞いて書く
・字数は、四百字詰め原稿用紙一〇枚を基準とする
・提出は、夏休み明けの九月一日

この課題は中学三年生たちにとって、容易なことではなかったと思います。しかし生徒たちの頑張りは、私たち教師の予想を遙かに超えるものでした。簡単に口を開いてくれない父親を説得して話を聞き出したり、その語り手も、時間を経るうちに世代が移行して、祖父母からしか戦争体験は聞けないということから、祖父母が住む遠方にわざわざ出かけ、これまで口にすることのなかった貴重な体験を聞いてくるなど、大変な努力が重ねられたのです。

まとめの仕方も、最初は伝聞体《でんぶんたい》や直接話法が一般的でしたが、教科書教材の「黒い雨」などの文学作品に学んで、主人公を三人称で登場させて「ものがたり的に」「創作風に」表現する試みが行われるようになりました。

「祖父は次のように語った」という直接話法や、「そのころ父は六年生だったそうです」とい

う伝聞体表現は正確な記録にはなるものの、その体験はあくまでも他人事であって、生徒自身の身体をくぐり抜けた言葉にはなりにくい。「昭子は」「忠治は」と、主人公を三人称に設定することによって、本物の「昭子の体験」「忠治の心情」が書き手自らの身体に乗り移ってくるようになったのです。

生徒たちの筆は急速に伸びやかになり、時代の空気までが伝わってくる作品が生まれるようになりました。もちろん生徒にとっては初めての「作家体験」です。当然、文章全体をどう組み立てるか構想を練る必要があります。時代背景を描くために文献に当たる作業も生まれてきます。不確かだったことを確認するため、聞き直し作業にも迫られます。しかし苦労は多くても、この学習を通して生徒たちは充実感と達成感を確実に得ていったように思います。

「この課題を出されてはじめて、両親と真正面から向き合う機会を得た」

「祖父母の歴史を文章化することを通して、大変な時代を生きてきた人たちに尊敬の念を抱くようになった」

「今の平和がどれほど多くの犠牲の上に築かれているかということを改めて認識した」

これまで「本の中の世界」「歴史上の出来事」であった戦争が「私につながる歴史」となり、「未来を担う自分たちの問題」としてとらえられるようになった意味は大きいと思われます。この学習は当然、後輩にも引き継がれていくわけですが、下級生の中には、先輩が綴《つづ》った分厚い作品集を持ち帰り、幾晩かかけて全編読み切ったという声が聞かれることもありました。

✤三世代を結ぶ絆――聞き書き学習三五年の中で

一九八〇年に始められた「聞き書き学習」はこれまで一年も中断することなく、三五年間続いてきました。その間、指導に当たった教員は二〇人近く、その多くは戦後生まれが担ってきました。生徒は一学年平均二三〇人ですので、体験を語った方が三五年間で八千人余、それを綴った生徒も八千人余。傍《かたわ》らでともに体験を聞いたであろう両親と祖父母は、実に三万人を越えるのではないでしょうか。

近年は、祖父母の中にも戦争を知らない世代が増えつつありますが、それでも女子学院の「聞き書き学習」は今年も継続されると聞いています。

筆者自身は、一九八五年から二〇〇四年に定年退職するまで中学三年生を担当すること一〇回、二千人を超す生徒作品と出会い、その作品を通して沢山のことを学ばせてもらいました。この間、とりわけ心に残るのは、保護者の方々の支えでした。この支えなくしては、「聞き書き学習」の継続はあり得なかったと思います。

その父母たちから、私たちはこんな声を聞くことがありました。

「娘の傍らで初めて親の話を聞くことが出来、私にとっても貴重な収穫となりました。多くの方々の犠牲の上に生を受けて今ここにある命、その重みをしっかり感じて生きていってほしい。私もそうありたいと思いました」

「老齢となった母が覚悟を決めたように話し出し、話し終えて、疲れた顔の中にホッとして遠くを見るかのような笑みを浮かべました」

「聞き書きをすることは、戦争がテレビの向こうの出来事でなく、自分が付き合っている大切な家族や近隣の人たちに実際起こったことだと実感出来るよい経験だと思います」

いずれも生徒作文に添えられた保護者からのコメントです。

語り手が両親から祖父母に移行する中で、この学習は、孫と祖父母との間に新たな絆《きずな》を深めていくという副産物を生み出しました。こんな感想を述べた生徒がいました。

「今までただのおばあちゃんだった祖母が、今回の聞き書きを通して〝人生の先輩〟に見えるようになった」

また、祖父母の話を聞く子どもの傍らに、父母が同席するということも少なくないのですが、多くの父母はそこで初めて自分の親の過去と向き合うことになります。高度経済成長期を必死に駆け抜けてきた親世代が、自分の両親の体験を通して改めて日本の歴史に向き合うことになったのです。これは、まさにこの学習が「三世代を結ぶ絆」の役割を果たしていると言えるのではないでしょうか。

✣〈戦後〉が〈戦前〉とならぬために

生徒が渾身《こんしん》の力を振り絞って書き上げた作品を一人でも多くの人に読んでほしいと、手書き文集にしたり、保護者の協力を得て一学年全員の作文集を発行したりしました。また女子学院では毎年、「ＪＧ作文集」と題して、中一から高三生までの選抜作文を一冊に記録していっているのですが、そこにも歴代の体験作文が収録され、残されています。

（注・市販の本としては、筆者の退職の年（二〇〇四年）に、二三五人全員の作文集『15歳が受け継ぐ平和のバトン』を、翌二〇〇五年には東京空襲六〇周年を祈念して『15歳が聞いた東京大空襲』（早乙女勝元編著）を、いずれも高文研から出版）。

今回の作品集はこれらの資料をもとに、筆者が携わった二五年間の、手元に残された総計一千編の中から「日本の戦争」をリアルに語っている二二編を収めました。一千編の中には、幼少期の疎開体験や学徒動員、出征、日本各地の空襲、被爆体験、ビルマ・中国・インパールなどの戦場体験、特攻やシベリア抑留《よくりゅう》、満州や朝鮮からの引き揚げ、そして敗戦へ。戦争中の日本人が体験したありとあらゆる苦難の歴史が生徒の手で描き出されていたことを再確認する作業となりました。被害者としての体験だけでなく、戦地での体験を苦しみながら語った祖父たちの言葉をしっかりと聞いて、懸命に綴っている幾編にも出会いました。

筆者自身も東京での空襲の恐怖、疎開先の青森県大湊《おおみなと》海軍基地への爆撃と、国民学校一年生として迎えた八月一五日、戦後の食糧難や「墨塗り教科書」体験など、戦中、戦後の困難を身を持って知る最後の世代です。戦後初めて婦人参政権を得て「一票」を投じた母の晴れやかな表情や「新しい憲法のはなし」を講ずる先生の熱情を忘れたことはありません。

再び戦争の足音が聞こえて来るかのような気配を感じる昨今、この本が一人でも多くの人の手に渡ることによって「戦争する国」の実態を知っていただき、「戦争しない国」がずーっと長く続くように力を集めていってほしいと強く強く念じております。

書名の『戦争しない国が好き!』は、冒頭に紹介させていただいた相澤樹来さんの一句からとらせていただきました。筆者自身はもちろんのこと、本書に聞き書きを収録した二二人もみんな「戦争しない国が好き」な人たちです。心から「ありがとう」を伝えます。

そしてやっぱり「戦争しない国が好き」な同窓生のマンガ家・今日マチ子さんが、すてきな表紙とカットを飾ってくれました。今日マチ子さんは「少女と戦争」をテーマにいくつもの作品を発表していますが、二〇一四年に手塚治虫文化賞を、二〇一五年に日本漫画家協会賞・大賞を受賞されました。

また、聞き書き学習を始めてこのかた一貫してご指導とお支えをいただいている早乙女勝元さんに、今回も貴重な一文をお寄せいただきました。ありがとうございます。

さらに高文研の山本邦彦さん、すでに退職されている金子さとみさんにまで応援をいただいて、前著二冊に続いて、この本を出版にこぎ着けていただきました。

「聞き書き学習」当時、中学三年生だった本書の筆者二二人も、もはや二六歳から五〇歳までの方たちです。その卒業生と共同作業で本書が誕生したことを心から喜んでおります。

（二〇一五年四月 記）

Ⅰ

子どもたちの受難——疎開・食糧難

少国民の戦争

◉二〇〇三年度中学三年　東條　彩夏

昭和一九年、春。

大阪への空襲も次第に激しくなり、遂に私たちも疎開《そかい》する事になった。本当は縁故疎開が良かったのだが私の両親の実家はともに高知県であり、本土決戦になった時真っ先に米兵が上陸するだろうという事で島根へ集団疎開する事にした。三年生になって間もない頃だった。泊まる先は松江に近い広瀬町のお寺だ。

疎開生活は厳しかった。兄と姉は中学生と女学生で学徒動員に行っているので一緒に疎開できない。手紙を書いても寮母《りょうぼ》さんに検閲《けんえつ》される……。とにかく家族が恋しかった。しかし、それにも増して辛かったのは空腹だ。毎日の食事はひと握りのご飯と胡瓜《きゅうり》や瓜《うり》だけ。そのご飯もほぼ八割が豆かすだったので消化不良から下痢になる子が後を絶たなかった。下痢と判ると絶食させられるので、どんなにお腹が痛くても皆がまんして黙っていた。が、寮母さんに告げ口する者があって何人か絶食する事になってしまった。あの時、私はまだ幼い子供の中に人間の醜《みにく》い部分を見てしまったような気がする。

下痢にならなくても栄養失調がひどかった。お葬式のあった夜にお供え物を盗み食いした子がいたそうだ。暗い中寝床を抜け出して真っ暗な本堂へ行くのはさぞ怖かっただろうに、それほど空腹だったのだ。子供たちは皆ガリガリに痩せ、お腹だけがふくれた異様な姿になっていた。

ある日、ＮＨＫの松江放送局で疎開っ子たちの様子を伝える番組が放送される事になった。級長だった私は三年生代表に選ばれた。

「原稿には何を書いても構いません。自由に自分の思ったことを喋《しゃべ》ってください」

と言われ、早速《さっそく》原稿の作成に取りかかった。

「お父ちゃん、お母ちゃん、元気ですか。わたしは元気でやっています……」

どうにか原稿を書き上げ、予行練習も無事終わり、いよいよ本番だ。どきどきしながら出番を待っていると、局の人に声をかけられた。

「宮崎さん、あなた本番でこれを読んでくださいね」

そう言って渡されたのは局が用意した原稿だった。

山中鹿之助という戦国時代の武将がいる。出雲《いづも》の尼子義久《あまこよしひさ》に仕え、尼子氏滅亡の後はお家再興のため奔走《ほんそう》したという人物だ。彼が月に向かって「艱難辛苦《かんなんしんく》を与え給え」と言ったように、わたしたちも苦難に堪《た》えて頑張ります、という内容の事がその原稿には書かれていた。

いくら戦時中とはいえ、これは余りにも理不尽《りふじん》な仕打ちだった。寮母さんから連絡を貰って大阪でラジオを聞いていた両親（父は近眼のため兵役を免除されていた）は娘の軍国少女のような言葉を聞いてどう思っただろうか……。後で母に訊《き》くと、ただ「元気そうな声が聞けただけでも嬉しかった」と言っただけだった。

空腹はますますひどくなる一方だった。私と仲の良かった友達は栄養失調で衰弱がひどく、近くの農家の納屋《なや》を借りたお祖父さんとお母さんに引き取られた。その子が学校を休んだ日に学校からの連絡事項を伝えに行ったら、お母さんに南瓜《かぼちゃ》をご馳走《ちそう》してもらえた。一人だけ食べたのがばれると後で叱られるので、食べ終わった後、念入りに口のまわりを拭い、しっかりと含嗽《うがい》をしてから帰った。

他にもこっそり色々なものを食べて飢えをしのいだ。寺の庭に植えてある椿の花の蜜をよく吸ったものだ。六年生の男の子が木から花を落としてくれる。それを拾い、花を半分に割って蜜《みつ》を吸うのだ。そこら辺に生えている雑草も食べられるものは食べたが、桑の実は食べたくとも食べられなかった。舌が黒くなってしまうからだ。

私の父は石鹸工場を営んでいた。製造した石鹸を海軍に納入していたので軍部と繋《つな》がりがあり、そのツテを利用して松江までの切符を手に入れ、時々会いに来てくれた。

ある時、父の泊まっていた所で一緒にお風呂に入れて貰《もら》った。当時の私は顔だけは毎日洗っていたが、入浴は週に一度くらいだったので顔だけが白く、おまけに体中虱《しらみ》がたかっているような有様だった。栄養失調で体はガリガリに痩《や》せ細り、体が弱っていたので全身が皮膚《ひふ》病に冒《おか》されていた。服を脱ぐときに私のそんな体を見た父は大層驚き、私を引き取る決意をしたそうだ。その後も父は度々《たびたび》寺を訪れ、食糧事情の悪さに改めて憤慨《ふんがい》していた。一度などは仏前に供えてある牡丹餅《ぼたもち》を見て、「子供はこんな物食べられないのに、目の前に牡丹餅なんか置いて、仏が喜ぶものか」と、すごい剣幕《けんまく》で怒鳴っていた。

昭和二〇年の夏になる頃のことだった。

食糧となる瓜や胡瓜を農協からもらうために私たちは一列になって歩いていた。級長の私が先頭で副級長が一番後ろだ。と、背の高い男性と日傘をさした小柄な女性が前から歩いて来るのが見えた。近付くにつれ、なんとなく（お父ちゃんとお母ちゃんだ）と思った。が、それ以外に何の感情も起こらない。嬉しくもなかったし、感動もなかった。人は身体的に極限状態になると感情すら失《な》くしてしまうのだ。体も弱りきっていて二人の元に走り寄る事もできず、ただ涙だけは不思議に溢《あふ》れてきた。とぼとぼ歩いて来る私を見て居たたまれなくなったのだろう、母が思わず「洋子」と私を呼んだ。私は弱々しい声で「お母ちゃん……」と言うのが精一杯だった。

「どこへ行くの」

「農協」

「そう……。気を付けて行っておいで」

私たちはそれだけしか言葉を交わすことなくそのまますれ違った。その時私の頭の中は野菜をもらってみんなを無事に連れて帰る事で一杯だった。母はその後、「あの子は人間の感情まで失ってしまった」と言って泣いたという。

私が大阪の南河内《かわち》郡の家に引き取られたのはそのすぐ後だった。父も母もこのままでは私の身が心配だと考え、田舎に家を借りて一緒に暮らすことにしたのだ。寺を発つ時お堂の柱にしがみついて、私達の姿が見えなくなるまで「僕のお母さんやお父さんにも引き取りに来てって言って」と訴えていた子たちの目を、私は忘れないだろう。

電車の旅は長かった。南河内郡は大阪と言っても和歌山に近い。松江からずっと列車に揺られていることに私の体は耐えきれず、岡山で途中下車して父の知り合いの家で一週間ばかり休ませてもらうことになった。山羊《やぎ》の乳を飲ませてもらって元気をつけ、今度こそ大阪の新しい家に到着だ。

それから毎日皮膚科通いが続いた。淀屋橋《よどやばし》の皮膚科である。まず、看護婦さんが膿《う》んだおできの皮をピンセットで剥《は》ぐ。そこにお医者さんがヨードチンキを塗る。体中にヨーチンが沁みて痛かったが、おかげで皮膚病は痕《あと》も残らずすっかり治った。

忘れもしない八月一五日、正午。

大人たちは皆ラジオを聞いていたので私は一人庭で鞠《まり》を突いて遊んでいた。ふと縁側に目をやると、なんと母が泣いている。母は私の方を向き、涙声で

「洋子……日本は戦争に敗けたんだって」と言った。

(戦争に敗けた……じゃあ戦争は終わったんだ)

そう思うと突然嬉しくなった。もう灯火管制《とうかかんせい》もしなくていい、あの空襲警報も鳴らないんだ、と。涙を流している大人に混じり、私一人だけは喜んでいた。

あの戦争でたくさんの若い命が戦場に消えた——これは忘れてはならない事実だ。しかし、

実際に戦わなかった人々もずいぶんと辛い思いをしてきた。私たちの親の世代は生活や食糧の心配が大変だっただろう。家族を守るために必死だったのだ。疎開する前に、赤ちゃんを背負って機銃《きじゅう》掃射《そうしゃ》から必死で逃げる若い女性を見た。背中の赤ちゃんは既にこときれていたが、母親は気付いていていない。あの後、我が子を殺されたというショックで発狂してしまわなかっただろうか——そんな事が気にかかっている。

そして、少国民と呼ばれた私たちも生きる事に必死だった。疎開先によっては割と良い生活ができたという人もいるらしいが、私は戦争中、何が一番辛かったかと訊かれたら、迷わず疎開時の苦労を挙《あ》げるだろう。全国民に辛酸《しんさん》を舐《な》めさせておいて、国はどう責任を取ってくれるのか。

今や、二人の息子も立派に成人し、初孫は中学生、二番目の孫はあの時の私と同じ歳になった。この子たちが再び戦争の辛さを味わう事のないよう祈るばかりである。

〔付記〕　主人公の洋子は私の祖母です。祖母は今年で六七歳になりますが、元気に毎日を過ごしています。ただ最近のニュースで飢えと戦っている難民の子供たちの映像などを見ると、自分の幼少時代が思い出されて、思わずチャンネルを回してしまいたくなるそうです。

祖母にはずっと元気で長生きして欲しいです。

［とうじょう・あやか］

父の八月一五日

◉一九八一年度中学三年　神野　美穂

僕はもうすぐ中学三年になる。大阪の父の会社の寮の狭い一室にいる。おととい僕は、父と母と四年生になる妹とともに、疎開先の福島からここに来た。神戸の家は空襲で焼けてしまった。今僕は、あまりにも異常な空気に包まれていた、つい半年前までの戦争をゆっくりと思い出している。

太平洋戦争の火ぶたが切って落とされた昭和一六年一二月八日、父の転勤で僕たちは中国・大連《だいれん》にいた。僕はそのニュースをラジオで聞いた。当時小学五年生だった僕は、これから何が始まるのかよく分からなかった。そして翌昭和一七年、神戸に帰ってきた。

その頃、学校では軍国教育が始まっていた。

「米英は鬼畜《きちく》だ。日本は神国《しんこく》、天皇陛下は現人神《あらひとがみ》だ。日本には神風《かみかぜ》が吹いてくる。閣下《かっか》のあとに続いて一日も早く軍人になり、御国《おくに》のために死ぬのなら本望《ほんもう》だ」

僕はその教育を真っ白な心に植えつけられた。天皇のためにいつかは死ぬんだと、真剣に考えていた。そして、少年航空兵に志願しようとした。しかし、親戚中の反対を受けて、あきらめなければならなかった。

周りではだんだんと物資が欠乏してきた。配給の食糧も少なくなり、米は一日一人あたり二合《ごう》三勺《じゃく》になった。僕たちはいつも腹が減っていて、栄養不足のためよくおできができ、目ばかりがギョロギョロしていた。父の会社は、大豆から油をしぼった肥料となる大豆かすを満州から輸入する仕事をしていた。圧力がかかって石のように固い大豆かすを、家ではなたで割って、雑炊《ぞうすい》に入れて食べた。もともと肥料として使うものだから、うまいはずがない。母は米を煎《い》ってから炊《た》いた。そうすると普通の二倍くらいにふくれあがり、食べた時は腹いっぱいになったような気がする。でも、またすぐに空腹になった。

ある日、神戸の街は大空襲に見舞われた。僕の家は、幸い大阪寄りにあったため直接の被害は免れた。街の方に住んでいた友達は、家が焼けたり、中には死んでしまった人も多くいた。この時、僕は初めて人の死を目《ま》の当たりにした。

このまま神戸に残っていては危ないというので、父の親戚がいる福島へ疎開した。父と母は神戸に残り、中学一年生だった僕は小学二年生の妹と二人で大阪から満員の汽車に乗った。幼い妹を連れての長旅はとても心細かった。でも、いつか御国のために散るまでは何事にも耐えなければならないと自分を励ましていた。東北本線で郡山《こおりやま》まで行き、磐越《ばんえつ》東線に乗り換えて、船引という小さな駅で降りた。昭和二〇年三月のことだった。

親戚の家は、田舎だけに大家族だった。八畳、六畳、四畳半位の部屋が三つと広くはない。七人が住んでいた。そこにまた二人が加わったのだ。こちらは後から割り込んできて食べさせてもらっているのだから、肩身が狭い思いをいつもしていた。しばらくして、神戸の母が大変な混雑の汽車でたどり着いた。大きなリュックの他に両手に荷物を持っていたのだが、降りた時はリュックだけになっていた。都会はどんどん空襲で焼かれ、田舎へ向かう汽車は本数が減ってきたこともあって、身動きが出来ないほど混んでいたのだった。

田舎へ疎開して良かった事といえば、食べ物があったことだった。神戸では半分栄養失調になっていた僕は、福島へ行ってからだいぶ太った。近くの農家に、金持ちの百姓はいなかった。でも、母の着物などと交換に野菜や卵を分けてくれた。お金よりも物が大事だった。お金を持っていても、物はどこにも売っていなかったからだ。食べることにおいては、あまり辛い思いをしないですんだ。しかし、慣れない土地、学校ではいやなことがたくさんあった。神戸では優等生で通っていた僕も、都会っ子、もやしっ子とばかにされた。このことは、あまり思い出したくない。でも、あの恐ろしい体験だけは忘れることができない。

僕は船引のとなりの三春《みはる》という駅の中学校に通っていた。あの日も、学校帰りに三春から汽車に乗った。間もなく、汽車の音に混じって背後から飛行機の爆音が聞こえてきた。

「艦載機《かんさいき》だ！」

と、誰かが叫んだ。汽車の中の人々は口々に、艦載機、艦載機と叫び、うろたえ始めた。爆音は近づいてきて真上に迫った。汽車は逃げるようにどんどん走る。突然、艦載機は急降下してきた。バリバリバリッという凄まじい音をたてて、機銃掃射を始めたのだ。汽車はトンネルにさしかかった。そこで止まるかと思っていると、無情にも汽車は走り続ける。トンネルを出てもまだ迫ってくる。血も凍るような数分だった。

しばらくすると米軍機は、遊びにでもあきたようにどこかに行ってしまった。恐ろしかった。生きた心地がしなかった。こんなところでは死にたくないと思っていた。僕は肉弾となって、自ら敵の心臓に突っ込むのだと決心していたのだから。

その時の機銃掃射は幸い大した被害はなかった。おそらく、米軍機は遊び半分でやっていたのだろう。

終戦間近、広島に原子爆弾が落とされた日あたりに、父は神戸の家を焼かれて福島に来た。

その父の話に僕はショックを受けた。その日、父は隣りの家のおじさんと、その娘さんと一緒に世間話をしていた。すると、ウーウーと空襲警報が鳴りだした。

「危ないので家に戻ります」

と、話をやめて自分の家の玄関の戸口にさしかかったとたん、今まで話していた隣りの家に爆弾が落ちた。たちまち家は火に包まれ、うちにもすぐに火が移って燃えてしまった。あと一五秒も遅かったら、父は焼け死んでしまったのだと思うと、背筋が寒くなった。


あの衝撃的なニュースは、それから一週間余りたった日に突然やってきた。

昭和二〇年八月一五日、終戦の玉音《ぎょくおん》放送は父と共に船引の駅で聞いた。月遅れのお盆で、少し離れた父の生地にお墓参りに行こうとしていた。その頃僕は、海軍兵学校予科生徒の応募を許されて手続き中だった。二、三年後には、御国のため、天皇のために確実に散ることを覚悟していたのだ。すべてその日のためだけに辛いことにも耐え、懸命に生き抜いてきたのに。

天皇陛下の声が日本の敗戦を告げた時、本当に目の前が真っ暗になった。立っていることができなかった。泣くなんていう甘いものではなかった。何か大きな運命的なものに全身を打たれたようだった。半分気を失ったまま汽車に乗り、座席に横になったまま起き上がれなかった。どうやってたどり着いたのか、途中の記憶はない。父の生地の安達太良《あだたら》山塊の麓《ふもと》、小高い丘の上にある寺で墓参りをした。父と住職が話をしている席でも、僕は座っていることができなかった。松林の中にある墓地に引き返し、草むらに倒れこむように横になった。

こんなことがあり得るだろうか。日本人は最後の一人まで戦うはずではなかったのか。特攻隊の勇士達のように。そのために、そのためだけに生きてきたのに。今までの僕はいったい何だったのだろうか。これからは、何を支えに生きろというのか。

張りつめていた糸がぷつんと切れた。真っ青な空と降るような蝉《せみ》の声の中で、僕はまた意識が薄らいでいくのを感じていた。

いつの間にか、部屋はもう薄暗くなっていた。夕方の闇市《やみいち》のざわめきがこの部屋にも聞こえてくる。このごろ、配給には米の代わりに米軍のチーズやビスケットなどが入っている。街にも米兵があふれている。もう、日本が負けただとか、アメリカは憎いだとか、本気で死のうと思っていた自分のことについては考えたくはない。

僕たちは生きる目的を失ってしまったのだ。僕や家族、いや日本中の国民の願いは、「早く普通の状態に戻りたい」ということだけだ。戦争前と同じように、みんなが心から笑える世の中に。そして、二度とこんな戦争は繰り返したくないということだけだ。

［かんの・みほ／現姓・市川美穂］

II

学徒動員

看護婦時代の戦争回想記

◉一九八〇年度中学三年　石橋　節子

信州の田舎《いなか》にも戦争のきびしさが伝わってきた。昭和一九年二月、高等小学校高等科二年の担任の先生が一か月後の卒業式を控えながら応召《おうしょう》されていった。その一年前、航空志願兵が一人、同級生で一番頭のよかった人が航空通信兵としてそれぞれ入隊していた。学校では先生方が足りなくなってお寺のお坊さんが教壇に立つようになっていた。

村の中でも年老いた人や女性が一生懸命働いて米や麦をつくっていた。しかしそれらは自分達が食べる分がなくても強制的に供出させられ、農家であっても芋や大根をご飯に混ぜて、味噌汁には野にあるあかざやすべりしょなどを入れて食べた。

我が家では兵隊に行く人がいないからと、国立病院に看護婦生徒として私が入学したのは昭和一九年の四月であった。女性三人姉妹の真ん中の私がせめてお国のためにと、自分から志願したのだった。女学校へ行っても勉強はせずに工場で軍需品を作らされた時代である。三年間の勉強が終ったら戦地の病院に行って働くんだと意気込んで入学した。その頃、私達は七期生と呼ばれていたが、先輩の一期、二期、三期生などは支那（今の中国）の方に派遣されて活躍していた。

看護婦といっても病院では軍隊と同じように上級生には絶対服従である。朝は暗い五時頃に自分達の洗面をすませ、先輩が起きて洗面している間に布団をたたんで掃除をして、六時には点呼である。朝礼では婦長の話を聞いて宮城《きゅうじょう》（天皇陛下）に向かって最敬礼をした。この後は各病室に三名ずつ分けられて掃除や患者の排泄物の処理を担当した。汚い仕事は一年生と決まっていたものだった。午後からは三、四時間講義がある。医者のことを医官殿と呼んでいたが、医官殿の講義で疲れて眠くて困ったのが今も忘れられない。

昭和二〇年に入ると、本土もだんだん空襲が激しくなっているというニュースが聞かれた。一九年の夏からはサイパン島や北のアッツ島で玉砕《ぎょくさい》だと伝えられ、病院はどこも負傷軍人で一杯であった。私のいた長野の病院も一二〇〇名位の大変な患者であった。白衣は緑色に染めて着ていたし、食事も米粒がなくなり、とうもろこしや芋の中にほんのわずかな米が見えるような食事が続いた。

終戦間近の八月一三日朝、長野駅の近くが空襲に見舞われた。敵機が急降下してきて黒いかたまり（爆弾）を雨のように落とし、黒煙と火が立ちのぼるのが、丘の上にある病院から手に取るように見えた。松林の中に防空壕を掘っておいたので、患者はそこに避難させた。昼食のために病室に戻ったその時、爆音が聞こえたと思ったら、あっという間に病院の上に敵機が来ていた。機銃掃射と爆弾、ヒューヒューという弾の音が病院をゆるがした。立っていることも出来ずに耳をふさいで床に伏せた。一人の患者の腕の傷は、貫通銃創《かんつうじゅうそう》だった。もの凄《すご》い出血で側にいた人が手ぬぐいを引き裂いて縛り、防空壕に連れて行った。重症患者を防空壕に連れて行こうと病棟から外に出ようとすると、敵機が急降下で屋根すれすれに降りてくる。重い患者の担架《たんか》を握って立往生してしまい、どうすることもできない状態だった。

何十分経ったかわからないが、冷たい恐怖で一杯だった。防空壕に患者と一緒に入ってようやく病室にもどったら、また一人、ベッドに寝たまま弾が足をつきぬけて苦しんでいる患者がいた。よく見ると、天井から床まで弾が貫通して穴だらけだった。

長野上空から敵機が去ったのは夕方だった。一三日の夜は電気が切れて真暗になり、患者のうなり声が静かな病棟に響いた。何とも言えない淋しさと恐ろしさで体中がわなわなとふるえていたのは忘れられない。

大勢の職員も爆弾の破片でやられていた。炊事場の女性が二人バラバラになって吹き飛んでしまったり、胸や背中に銃弾が突き刺さったままになっていた人もいた。看護婦も二人死んだ。その夜はローソクの光で一晩中手術室の中は大変な騒ぎであった。夜遅く私は寄宿舎に帰ったが、布団も敷かず靴もはいたまま、防空頭巾《ずきん》もかぶったまま、戸を開けて、月をながめて寝たのをはっきり覚えている。長野市も一晩中真っ赤に空を焦《こ》がして燃えていた。

次の日一日は異様に静かで、傷ついた人の看護で忙しかったが、空襲もなく一五日になった。朝から防空壕に入り放しの患者を、天皇陛下の放送があるというので一二時に病室に連れ戻した。

——終戦。最後まで戦うと信じていたので、負けた事が信じられなかった。ただ茫然《ぼうぜん》としていた。もう一度元気になって、戦地に戻れれば、と思っていた軍人ばかりだったので、想像もしなかった敗戦という放送に食事もしないで、皆男泣きに泣いていた。

戦争のない毎日が有り難いと思うようになったのはしばらく日が経ってからのことである。そのうち階級制度もなくなり、八時間労働が決められ、先輩も戦地から帰ってきた。二人の志願兵は無事帰ってきたが、満州少年義勇開拓団員として満州に渡った二人の同級生は亡くなっていた。

戦地に行こうとした私の夢は、職業として生きる気持ちに変わった。昭和二二年三月、三年間の勉強が終わって看護婦と保健婦になった。

緑であった白衣は、本当の白い「白衣」になった。

［いしばし・せつこ／現姓・ミーンズ石橋］

軍需工場の捕虜たち

◉二〇〇〇年度中学三年　杉山　有紀子

友子が小学生になる頃には戦争が始まっていた。新潟の片田舎の城跡に陸軍がやってきてからは、夜となく昼となく、軍事訓練の喚声や、戦車のうなる音や、清澄《せいちょう》ラッパの単調な響きが耳に届いた。日の丸の旗を振って駅に立ち、男の人達を戦争に送り出すのも毎日のことだった。

昭和一七年のお正月、新聞の第一面は真珠湾攻撃の大きな写真と、「戦史にきらめきたり、米太平洋艦隊の撃滅」の大見出しが踊っていた。魚雷が命中して水柱があがり、大型の船が大きく傾き、重油が流れ出す様がうつっていた。「すごい！」女学校一年の友子は母と歓声をあげた。お正月の慶《よろこ》びというよりも、日本の快挙を喜びあい、踊りだすほどの盛り上がりだった。

真珠湾攻撃以来、アメリカは「敵」となった。

「英語は『敵性語』であるから、今後は英語の授業はなくなります。もっと家事などを学んで、兵隊さんのお役に立てるようにしましょう」

こうして英語が教えられなくなった。「世界は日本語で通用するようになる」と先生は言った。英語の授業は嫌いではなかったし、担任の英語の先生も好きだった。でも、世界中が日本語圏になるというなら、それもいいなぁという気もした。家事の授業が増えるというのも嬉しかった。

調理実習では代用食をよく扱った。芋や大根、時には蒸しパンを作ったりもした。

「調理実習って楽しいよね」

直子が声をかけてきた。友子はさつま芋に包丁をあてていた。

「うん。直ちゃんはお料理上手だもんね」

「なんて言って、本心は食べられるのが嬉しいんだけどね、私たち」

それは本当だった。家に帰っても、たいしたものは食べられない日が続いていた。食べ盛りの女学生は慢性的な空腹を抱えていた。代用食はその意味で、味はともかく友子たちには楽しみだった。

だがそんな「勉強」も防空壕掘りや畑づくりのためにつぶされるようになり、学校へ行ってもグラウンドの穴掘り、合間に授業という日が多くなった。テニスコートは掘り返されて南瓜《かぼちゃ》が植えられた。東京から大日本印刷の工場が疎開してきた。普段の授業に戻れる見込みはない。

やがて学徒動員令が出され、友子たちも軍需工場へ働きに出ることになった。四年生は、ガラス繊維工場へ行く組と、新潟鉄工所へ行く組とにわかれ、三年生は紡績工場だった。他にも、女性挺身隊員《ていしんたいいん》と呼ばれる人たちや、まだ結婚していない女性と、よその中学の男子生徒などが集められて、大きな寮で共同生活が始まった。六畳間に一二人ずつが割り当てられたから、一枚のふとんに二、三人が寝る計算だ。とても窮屈だったが、授業もないし、友達と一緒に寝泊まりするというのは、どちらかといえばわくわくするような体験だった。友子は運よく直子と同室になることができた。

仕事もさほど辛いものではなかった――。鉄道の車輪にヤスリをかける仕事についた。何より嬉しかったのは三度きっちり御飯が食べられることだった。

工場に通っていると曲がりなりにも毎食米の御飯が出る。漬物ひときれに冬瓜《とうがん》の塩汁と、十分ではないのだが、今まではずっと良かった。

「私達だけお米をいただいているなんて、なんだか悪い気がするわ」

ある日の夕食で、直子がぽつりと言った。

「でも、私達働いているのだしね」

こう言ったのは同室の由子だった。

「兵隊さんたちはどうなるの」

むきになったような直子の言葉に、友子は兄たちのことを思い出した。長兄は中国、次兄は台湾に出征《しゅっせい》していた。

——軍隊生活の辛さは噂に聞いていた。上官の恐ろしさは想像を絶するという。「新兵さんは辛いよな、また寝て泣くのかよ」と友子たちは歌ったものだった。兄たちは今頃どうしているだろう。友子はちょっと不安になった。それを打ち消すように彼女は塩汁をすすり、冬瓜を飲み込んだ。

あるとき珍しく魚料理がついてきた。どういう風の吹きまわしかと、友子たちは驚きながら喜んだが、すぐに気がついた。誰か偉い人が視察に来ているのだ。こういうものを食べさせていますと、その日だけ魚やおやつを付けるのである。

友子の部屋は仲が良いほうで、ときどき夜の集まりをさぼることがあった。就寝前に集まって、先生の話を聞く時間である。

「面倒だし、もう寝たいわ。今日はやめようよ」

ところが、この集会でときたま抜き打ちの点呼が行われるのだった。悪いことに、さぼったその日に点呼があり、先生が友子たちの部屋にやって来た。その時はもう全員ふとんに入っていたので、起きていたメンバーも胸をどきどきさせながら、寝たふりを決め込んだ。が、さすがに気がとがめて、友子は翌日ひとりで先生に謝りに行った。

すぐ近くの長岡市や新潟市では空襲があったり、機銃掃射に遭ったりということも起こっていたのに、友子たちは結構楽しく過ごしていた。工場の監督が寮の先生の教え子だったということも幸いした。冬場には火をたいてもらえ、工場から戻るとよく暖まりに行った。

工場には外国人の捕虜達がかなりの人数働いていた。ほとんどが白人で、アメリカ人かイギリスやオーストラリアなどの人たちらしかった。

友子も「鬼畜《きちく》米英」の教育を長く受けていたので、初めのうちは何となく敵意を抱いていた。でも、ずっと一緒に働いているとそのうち慣れてしまい連帯感も生まれてきて、敵という感じは不思議にしなくなっていった。

捕虜の中に、茶色い髪をした細身の青年がいた。友子の目には外人はだいたい同じに見えたのだが、彼はよく見かけたせいか、他の人とは区別がついた。年格好がどことなく兄に似ている気がした。

捕虜たちはみんな真面目だった。技術もあるようだった。この人たちがついこの間まで、日本の敵として戦っていたなんて、信じられなかった。

（アメリカ人だって、普通の人間なんだ）

そんな当たり前のことに、友子はようやく気付いた気がした。

それなのに、と友子は考えた。ここで働く捕虜たちは、自国の人々を殺すための武器をつくらなければならないのだ。

（残酷だなあ――）

彼らはどんな気持ちでエンジンを磨いているのだろう。

その日の夕暮れ、寮へ帰る途中、集まって何か話している捕虜の一団に出逢った。四、五人のグループで、青年とやや年配の男性とが混ざっていた。日本人よりはるかに背高な男性ばかりなので、怖くもあったが、何となく気になって、立ち止まって彼らの声に耳を傾けてみた。ひときわやせた、あの見覚えのある青年が語調を強めて何か言っていた。それに対して誰かが冗談を言ったらしく、輪の中にかすれた笑い声が起こった。だがその顔は友子たちがふざけあって笑う顔の半分も笑っていなかった。

友子はどきりとして、それから彼らの表情を注視した。会話の声はさっきより低く、小さくなっていた。何を話しているのか、友子にはさっぱりわからない。やさしい単語がひとつふたつ耳にとびこんでくるだけだ。だが、話がなんとなく悲しい方向に行っているらしいことが感じられた。

「何をしてるんだ?」

背後から声をかけられた。振り返ると女学校の英語の先生だった。

捕虜の会話を聞いていたことを友子が伝えると、先生は彼らの方へ近づいていき、耳に手をあてて会話を聞こうとした。

捕虜の一団はまったく気付いていない様子だった。耳を澄ます先生の表情が微かに揺れるのを友子は見てとった。

少しすると先生は戻ってきた。

「なんだろうな。よくわからなかった」

先生は手を振って去っていった。

英語を教えていた先生ならば、だいたいの話はわかっただろう。ただ、口にしてはまずいことだったのだ。かわいそうすぎたんじゃないかな。あの人たちも戦争に行って、たぶん辛い思いもして、今はこうして敵につかまって働かされている。日本が戦争に勝ったら、私たちはきっと嬉しいと思う。でもあの人たちはどうなるんだろう？　ただ国がちがうだけで、ただその国と国が戦っているというだけで……。

ふと気付くと、すぐ近くをあの青年捕虜が歩き過ぎようとしていた。彼が、友子の方をみた――気がした。夕闇のなかで友子は彼に微笑みかけた。

（せめて敵意がないことはわかってほしい）

友子はまっすぐに、寮へ向かってかけ出した。
穏やかな夜が今日も待っていた。

〔付記〕　母方の祖母に聞いた話です。

［すぎやま・ゆきこ］

Ⅲ 空襲

鹿児島の夜

◉一九八〇年度中学三年　桑田　郁子

寝苦しい夜だ。朝から降っている大雨のせいに違いない。あしたの朝、晴れたらこの家を出るのだから早く眠りたい。そういえば荷物を積んだリヤカーは外に出しっぱなしだ。そんなことを考えながらもうすぐ眠れるかなと思った頃、ガラガラと戸を開ける音が聞こえた。誰かがトイレにでも行ったのだろう。突然、母の声が響いた。

「みんな起きなさい！」

パッと目をあけると半開きになった戸から明るく照らし出された庭が見える。照明弾が落とされたのだ。枕元にある防空頭巾《ずきん》をわしづかみにすると外に飛び出した。その時、すでに道の両側にある塀が炎によってバタバタと倒れていた。雨は止んでいた。

私達は母の後について山の方へと向かって走り出した。炎が道の両側から地を這ってせまってくる。それでもなんとかその道を切りぬけると大きな防空壕が見えた。入り口には警防団の人が立っていて、「早くここに入れ」と言った。

中には避難してきた人がすでに一〇人くらいいた。連日の雨のせいで立っていても胸ぐらいまで水につかってしまう。防空壕の外からはサーッという音が聞こえてくる。

「また雨のようね」

誰かが言った。雨が降れば少しは火がおさまるだろう（後でわかったことだが、これは敵機が降らす石油の雨の音だった）。三〇分もたったろうか。いや実際は五、六分ほどの短い時間だったのかもしれない。入り口のふたがあいて男の人が顔を出した。

「ここはもう危ないからみんな外に出ろ」と言う。

「山の手にあるお墓に逃げよう」と、母が言った。

しばらく走ると牛舎《ぎゅうしゃ》が見えた。毎朝牛乳を買いに来ていた牛乳会社は焼けてしまってどこにあるのかわからない。牛舎に入ると柵《さく》につながれたままになっている牛が一〇頭ぐらいいた。体に火傷《やけど》をしている牛もいるが、みんなうずくまっていて動かない。目はあいているが私達が通りぬけていくのを見てもまったく反応を示さない。空襲によるショックのためだろうか。

牛舎をぬけるとお墓があった。爆撃された様子はない。そのころには防空壕の中でびしょぬれになった衣服もからからにかわいてしまっていた。上着を脱いでお墓の花立てにたまっている水にひたして口にあてた。街の方から流れてくる煙でむせるのだ。

空襲警報が解除されるのを待って私達は伯母《おば》の家へ向かった。

伯母の家にはけが人がひとり運び込まれていた。いつも油や砂糖を売りに来るヤミの行商のおじさんだという。警防団の人に見つけられて顔見知りの伯母の家にかつぎこまれたのだ。その人は全身に火傷を負ったらしい。隣の部屋からは一晩中うめき声が聞こえた。

目がさめると昨日の雨がうそのように晴れあがっていた。隣の部屋のうめき声はすでに聞こえなくなっていた。しばらくすると親類だという人がやって来て、毛布でくるまれた異様に大きいおじさんの遺体はリヤカーでどこかへ運ばれていった。

私達もその日のうちに、伯母の家から一里ほどいなかの農家に疎開していった。この日から二か月後の八月六日にまた同じ体験をすることになろうとは思わずに。

〔付記〕　昭和二〇年六月の鹿児島市での空襲の体験を母から聞いたものです。その年の三月の東京大空襲の後、母は祖母と兄弟三人で東京から祖母の実家のある鹿児島市へ移り住みました。その矢先のできごとであったということです。

［くわた・いくこ／現姓・南雲郁子］

熊谷空襲

◉一九八一年度中学三年　武田　和子

Ｂ29は、毎晩のように関東地方の上空にやって来てはあちこちに火の海を作っていた。

昭和二〇年八月一四日はむし暑い夜だった。僕はなかなか寝つけずに、何度も寝返りを打った。やっと眠りに落ちた時、母の声に引き戻された。

「起きなさい！　防空壕に入るのよ！」

警戒警報が鳴った。母がやすみの手を、僕が夏子の手を引いて防空壕へ入った。父は警防団の詰所《つめしょ》へと出かけていった。

一分もしないうちに、大きな爆発音がいくつも聞こえてきた。飛行機の爆音が、あっという間に近づき、また遠ざかった。

「そう遠くないところに爆弾が落ちたのよ、ここも危ないかもしれない」

母はそう言って防空壕から出た。僕も後に続いた。南の空は真っ赤に染まり、五百メートルほど離れたところに火の手が上がっている。火は大きく、どんどん広がっているようだった。

爆発音とともに、飛行機の近づく音が迫ってくる。

熊谷空襲の始まりである。

「ここから逃げましょう。文雄、夏子と手をつないで走りなさい。竜昌寺に逃げますよ。やすみ、お母さんと走るのよ！」

通りは逃げる人でいっぱいだった。身支度する暇もなく布団をかぶって逃げる人、子供の手を引いた女の人、引きつった面持ちで走ってゆくおじいさん……。

人々の叫び声と、爆弾の破裂する音を聞いた夏子は、恐怖のあまり立ち上がれなくなってしまった。やすみの顔も恐怖に引きつっていた。

夏子は五歳、やすみは七歳。

「夏子、立ちなさい！　逃げるのよ！」

「逃げないと死ぬぞ、立たないとおいてくぞ！」

僕は夏子を引きずるように、ぐいぐい引っ張って走った。二百メートル程進むと、背後で大きな爆発音がした。振り返ってギョッとした。

今通ってきた道が大きな火の玉に飲み込まれていた。僕は怖くて、二度と振り返らないように一目散《いちもくさん》に走った。

走って走ってやっと街の外に出た。街は火の海なのに、Ｂ29はなお爆弾を降らせていった。さらに二キロばかり行って、やっと竜昌寺についた。火は街のすべてをのみこんで翌日の朝も燃え続けた。僕達はただ父のことが心配だった。

一五日の朝、九時になった。家の近くに住むおじいさんにあった。

「文雄君、助かっとったか！　お父さんは元気だぞ」

おじいさんはけが人を助けに来たといった。

「もう家は燃えちゃっただろうねえ」

母の言葉に、僕はうなずくしかなかった。

正午をまわったころ、火が下火になってきたので僕と母は街の様子を見にゆくことになった。寺を出るとき、母が厳しい口調で言った。

「何があっても驚いちゃいけませんよ」

街に入ると、僕の通っている中学校は焼け残っていた。しかし小学校は全焼して、まだぷすぷすと煙が上がっている。

街中、石油をまき散らしたように臭い。街の中心部へと進むと、道端の死体の数が増えていった。昨日北を向いて逃げた道を、南に向かって歩いた。その道で、赤ん坊をおぶった女の人の背中と、赤ちゃんの間に爆弾が落ちたのだそうだ。僕の家の裏に住んでいた手足の不自由なおじいさんも死んだそうだ。そんな話を聞いたり、傷を負って運ばれてゆく人を見るたびに、僕は母の言葉を思い出した。驚いてはいけないと思っても足がすくみ、恐怖が心の中を冷たく覆った。

やっと家にたどり着いた。建物は残っていた。裏の家は焼けてしまい、僕の家の庭には直径三メートル位の穴が開いていた。

父には会えないまま夕方になった。街の建物が燃えてなくなってしまい、むこうを走る列車が見えた。皆、空腹だったが食べるものがなかった。電源が切れて、ラジオはひとこともしゃべらない。眠ろうにも、父が心配で眠れない。日が暮れた。

「誰かいるのか」

「お父さん！」

大急ぎで玄関に行った。夏子が飛びつくと、父は夏子を抱えて家の中へ入ってきた。

「警防団の詰所《つめしょ》は丸焼けだ」

父は僕達と別れた後のことを話してくれた。

「俺のいた部屋にな、爆弾が三発も落ちたぞ。火を消そうとしたんだが、火の勢いがひどすぎてね。おまけに水がなくってね。ただ見てることしかできなかったよ」

その中をどう逃げてきたのか、父は助かった。

翌一五日の昼を過ぎたころ、〝日本は負けた、終戦だ〟という噂《うわさ》が流れてきた。ラジオも新聞も学校の先生も、日本が負けるなんて今まで一度も言わなかった。でも、僕たちはその噂を信じない訳にはいかなかった。

熊谷の街を見ていると、負けを認めざるを得なかった。

街の火は、四日ほど燃え続けた。

〔付記〕 何も語りたがらない父に、〝宿題だから〟と無理やり頼み込んで、父の体験した戦争の一部を聞かせてもらいました。この空襲の時、最もひどい爆撃を受けた祖父は六年前に他界しています。私は幼いころ、「戦争の時、おじいちゃんは消防士だったんだよ」と祖父から聞かされました。父はこのとき一二歳で、中学に通い始めていました。

終戦後、父の家にはアメリカの兵隊さんがよく来ていたそうです。来るたびに、兵隊さんたちは子供たちにお菓子をもって来てくれました。〝こんなに優しい人たちが本当に鬼畜なのだろうか〟と思ったといいます。

今、若い世代は戦争に関心がなかったり、あっても戦争を肯定する人が増えているように思います。もし戦争が起きたら、若い人たちが真っ先に兵隊として駆り出されてゆくのだし、戦争映画のように「美しく散る」訳にはいかないのです。それが核戦争なら、戦争が起きた直後に全滅かもしれません。戦争は悲しくて、つらくて、苦しくて、誰も良い思いをしないものであることを知ってほしいと思います。

今年の八月一五日の正午、甲子園球場で黙とうした人々の中で、何人の人が心の底から戦争のことを考えていたのだろうかと思いました。多くの人が考えていたと信じたいです。

［たけだ・かずこ／現姓・蒲谷和子］

清水大空襲

◉一九八五年度中学三年　中村 紫乃

昭和二〇年七月一五日午後八時……。

ウメとその子供たち九人は燈火《とうか》管制のもと、せまい一室に集まりながらほのぼのとささやかな一家だんらんを持っていた。

その時……

「ウーウー、ウーウー」

夜の静けさをかき乱す様に空襲警報が鳴り響いた。

「何だ、いつものことか。どうせ爆弾なんか落ちて来やしないんだから」

これまで、ここ清水市が空襲にあったことは一度としてなかった。ひとまず家の裏の防空壕に避難し、一家は防空壕の入口から海の方向を眺めていた。

すると、四〇機ばかりの編隊だろうか。三保《みほ》の沖の方から、こちらに向けてゆっくりと円弧を描いて進んでくる物があった。

「カンサイキだ！」

ゴーッ、という音が次第に近づいて来る。

そして直後、清水市全体が昼間のような明るさに包まれた。照明弾が落とされたのだ。光は街全体をすみずみまで照らし出した。人も建物も。

それから焼夷弾《しょういだん》の雨が降り出した。それは本当に雨と呼ぶのにふさわしく、次から次へと休みなく降り続いた。火はなめるように家々を焼き払っていく。

しだいに火が回りだした。

「このままでは全員死んでしまう」

と思ったウメは、第二避難所の小芝神社の防空壕へ子供たちを連れて逃げた。

「ああ、こんな時に保司《やすじ》さんがいてくれたら……」

ウメの夫・保司は清水第二連隊に配属されていたが、そこで無理をしすぎたため肺炎を患い、厚生病院に入院しているのだった。ウメは保司の安否を気づかいながらも逃げた。

すべて火につつまれてゆく。燃えていないものは、道と、そして自分たちのみ……。防空ずきんの上から、さらに水でぬらした毛布をかぶって走った。生死がかかっているのだ。子供たちは幼心《おさなごころ》にもこのせっぱつまった状況を感じたのか泣く者も出ず、ただ黙々と神社への道を走り続けた。

やっと神社に着き、ほっとしたのもつかの間、徐々にここにも火が回って来た。赤い鳥居がなお赤々と燃えていく。驚くことに木が、生木《なまき》が、ぱちぱちと音をたてて燃えていくのだ。

「海はだめだ！　山へ逃げろ、山だ！」

ウメら一家は里山へ逃げた。途中、女学校が燃えているのが見えた。すべての窓ガラスは割れ、そこから火が吹き出していた。山が見えたとき、ウメは助かったと思った。山の頂上から家の方角を見ると、そこは火の海だった。

一夜明けて、ウメは町内会の人たちに続いて焼け跡に行った。いったい、どこが自分の家か解らないほど、建物は崩れ落ちて廃墟と化していた。日本酒の瓶がどろどろに溶けて転がっていた。火事の勢いを思わせる。周り一面焼野原のため、寄せてはかえす波の形までもが家からはっきり見えた。

海は昨日の出来事など夢であったかの様にひっそりと静まりかえっていた。

ウメらは身一つで逃げたため、家財一切を灰にしてしまった。しかし、いつまでも悲観的になっている時間はない。子供たちのためにも新しい生活をすぐにでも始めなければならない。

ウメと子供たち九人は助け合い、まずバラックを建てた。気にかかっていた厚生病院には被害はなく、保司は無事であった。ウメは肩の荷が一つ降りた気がした。

生活に一番欠かせないものは火だ。その火をつけるマッチなどは一番最初に燃えてしまったため、ボロ布で縄をない、それを火縄《ひなわ》として使った。

不自由な生活を送りながらも、あの日から一か月がたとうとしていた。

ある日、町内に残っている者は全員小学校の校庭に集合せよ、という召集令が出されたため、一家は急いでそこへ向かった。校庭のまん中に大きなラジオが置かれていた。これから起ころうとする出来事を暗示するかのように、にぶく光っていた。やがて何か放送が流されたが、音が小さく雑音がひどいため、よく聞き取れなかった。かすかに聞こえたのは〝戦争終結〟という言葉だった。みんな、目に涙を浮かべていた。戦争に負けたというくやし涙ではなく、終戦を喜ぶうれし涙であった。

こうして、長い戦争は終わったのである。

〔付記〕　これは私の父、勤《つとむ》（九人の子供たちの中の一人）の戦争体験をもとにして、祖母ウメの気持ちになって書いたものです。当時小学校一年生だった父が、こんなにはっきりと当時の事を記憶しているのには驚きました。

戦争体験の本など読んできている私ですが、こんな身近な〝父〟という人間もまた、戦争の被害者であったと思うと、戦争という物が遠い昔の話ではなく、実際に起こったことだとあらためて感じずにはいられませんでした。

［なかむら・しの／現姓・菅原紫乃］

春の風――川崎大空襲

◉二〇〇〇年度中学三年　高木　紀子

昭和二〇年三月一〇日、Ｂ29による空襲が東京を赤く染めた。夕焼けのように人々と町を包み込んでいった血の空を、川を挟んだこの町からも見ることができた。

「次は川崎だ。川崎には日本鋼管がある。次に狙《ねら》われるのは川崎だ」

冷たい春の風に吹かれながら、誰もがそう感じていた。

「いってらっしゃい」

トリはいつものように夫の重信を送り出した。トリの家はトリと重信、今年で一歳になる喜代子、三歳になる孝治、そして疎開《そかい》から帰ってきた寿久の五人家族で越してきたばかりの家作に住んでいる。五人で住むには少々狭い家だ。日本鋼管に勤めている重信のおかげで結婚してすぐに大きな家が建った。少しずつ戦争の影が濃くなっていったが三人の子供に恵まれ、幸せな生活を送っていた。しかし今年の春、防火帯を作るため、軍が通れるように道が広げられることになった。道から二軒目だったトリの家は壊されることになった。

「なぜ家が壊されなければならないんだ。まだ八年間しか住んでいないんだぞ」

重信は誰よりもそのことを悔しがった。二人は悔しさと遣る瀬《やせ》なさを戦争という漠然としたものにぶつけることしかできなかった（本当にあの家を壊す必要があったのかしら。火事だって一度も起こっていないし、軍だって一度も通っていないじゃないの。どうして。どうして）。けたたましい空襲警報がトリの意識を現実へと引き戻した。

「防空壕の中に入りなさい」

トリは子供たちを連れて防空壕の階段を駆け降りた。しばらく身を潜めていると警報が解除された。米軍の飛行機は通り過ぎていったようだ。防空壕の外に出ると温かい風が吹いている。いつもと変わらない風景がトリを安心させた。一か月ほど前の三月一〇日、東京が爆撃にあった。それ以来みんな次は川崎だと言っている。多くの人が疎開し、川崎に残っているのはトリ達のような田舎のない人だけだ。トリもみんなと同じように考えている。トリは毎日、何も起こりませんようにと祈るばかりである。

時計が午後六時を指そうとしている。重信も帰宅し家族五人がそろった。あと六時間もすれば今日は終わる。トリは無事に一日が終わろうとしていることに安堵《あんど》していた。まだ長い夜が待っているので、安心してはいけないと分かっているのだが、家族が全員そろったこの時間は気持ちが安らぐ。

その時だった。突如あたりに空襲警報が鳴り渡った。またいつものか、と思っていると、「ドォーン」という音が聞こえてきた。外を見ると、各地で火の手が上がっている。

「焼夷弾《しょういだん》だ！」

頭の中が真っ白になる。突然のことに頭が働かない。緊急用にと用意していた荷物も持たずに、近くにあった大きな布団だけを持って、トリと重信は子供たちを抱えるようにして家を出た。家のすぐ横にある道に出てみると逃げまどう人々であふれかえっていた。どこに逃げればいいか分からない。それでも人々は走り続けていた。トリ達も走りだす。なかなか思うように進まない。その間にも焼夷弾は次々と落ち、飛び散った火と油があたりを火の海へと変えていく（怖い。早くこの場から離れたい。お願いだから動いて）。トリははぐれないよう重信につかまり必死になって走った。

交差点にたどり着いた。焼夷弾が生み出した熱い風が吹いている。焼け死んだ馬が倒れていた。その光景はトリの気持ちを一層焦らせた。

「早く逃げないと」「どっちに逃げればいいんだ。左か」

家族の足がそちらに行きかけたその時、「向こう側はもうだめだ。焼夷弾が落ちて火の海だぞ」

という声が聞こえてきた。トリ達は慌てて右へと走りだす。（危なかった。もし向こう側に行っていたら今ごろ……）トリは混乱した頭の中で、自分は生と死の境目を歩いているのだと感じていた。

どれくらい走っただろうか。清水池にたどり着いた。池の周りには燃えるものがなかった。

「ここまでくれば大丈夫だろう。」

（ああ助かるんだ）トリは心の中で呟《つぶや》いた。池の中を見ると熱さから身を守るため、たくさんの人が水に浸《つ》かっている。トリの子供達も腰まで水に浸かって布団を被っている。どこからか「布団を水で濡らすんだ」という声が聞こえてきた。

「私達も布団を濡らしましょう」

「だめだ。水で濡らせば重くなる。ずっとここにいるのならばいいが、明日になれば離れることになるだろう。その時荷物になる」

トリはその場にじっとしていた。目を上げると木が真っ赤な葉をつけてゴウゴウと燃えている。その一方で池の前にある学校とその一画は平然と建っていた（なぜ学校が燃えていないの。私の家も町も、立っている木も燃えているというのに、どうして学校だけ）。トリは疑問に思った。しかし不思議と悔しいという気持ちにはならなかった。それどころかどのような感情も浮かび上がってこない。炎がすべてを否定しているようだった。町を包み込んだ焼夷弾の炎は一晩中燃え続けた。トリにはすべてが一瞬の間に起こったように思えた。

眠れぬ夜を過ごしたトリ達は焼けずに残っていた学校にひとまず避難することになった。炊き出しのおにぎりを食べていると少しずつ気持ちが落ち着いてくる（子供達もちゃんといる。家族全員助かったんだ）。自分にとって一番大切な家族が無事であることを確認し、ほっと一息つく（家は、私達の家はどうなったの）。見るかぎり家の方は一面焼け野原である。残っている可能性はゼロに近い。

「家を見にいってみるか」

一段落ついたところで重信が口を開いた。トリの心臓が音を立てて鳴る。いつもより熱い風がトリの胸を騒がせる（大丈夫よ）。自分に言い聞かせ、重信とともに歩き出した。しかしわずかな希望は少しずつ消えていった。道から見える景色は学校で見たものと全く同じだったのだ（お願い。残っていて）。トリの言葉はいつしか祈りに変わっていた。

そこには何もなかった。かつて家があった場所には炎に熱せられて赤くなった柱が横たわっている。トリは呆然《ぼうぜん》として目の前の光景を理解できなかった。

「焼けてしまった」

重信の声が頭に響く。ようやく今の状況が飲み込めた（家が焼けてしまったんだ）。

「どうして……」

トリの中で、昨日炎に押さえこまれていた感情がいっきに溢《あふ》れ出した（どうして家が焼かれなければならなかったの。なぜ。私の家族は誰も死なずに済んだわ。でも家族を失った人、大切な人を失った人がたくさんいるはず。ここに来るまでに何人もの死体を見たもの。その人達は悲しみをどうすればいいの。町全体が空襲で焼けてしまった。家と一緒にいろんな物が焼けてしまった。寿久の勉強道具も、みんなの洋服も、お金も、みんなの思い出も。これからどこへ行けばいいの、どうやって生きていけばいいの）。絶望が止めどなく流れ出し、トリの体を包んでいた。

その場に座り込んでトリは泣いた。溢れてきた感情をどうすることもできず、ただ泣くしかなかった。トリの涙はなかなか止まらない。心の中の全てが流れ出してしまうまで泣き続けた。遮《さえぎ》る物のない焼け野原を生温かい春の風だけが虚しく通り過ぎていった。

［たかぎ・のりこ］

〔付記〕　この話は、おもに伯父の母に川崎大空襲について伺ったものだ。二九歳という働き盛りの年齢だったため、当時のことを鮮明に覚えておられ、詳細に話してくださった。空襲の時、三人の子供を連れて炎の中を逃げまわったそうだ。過去を振り返ることができてよかったと思う。

すまないね　順子

◉一九八一年度中学三年　下岡　正子

あれも順子の運命だったんだね。でも死ぬ前に、もう一度あの子に会いたいね。どうなってしまったのやら。


「あっ、お母さん。いつ来たの？」

「さっきだよ。順子、元気だった？」

「う、うん。元気だよ」

「顔色が悪いね。それに少しやせたんじゃないの？」

「そんなことないよ。楽しく学校に行ってるよ。それにみんなと仲良くなったし……」

「そう、それはよかったね」

しかしきくには、まだ小学校一年生のこの小さな子の胸の内がよく見えた。こんなにやせてしまって。この子もつらい思いをしたのだろう。やはりこの子をこんな遠くにおいておくのは無理だ。東京に、今すぐでもこの子を東京に連れて帰ろう。順子のやせ細ってしまった姿をみると、そう思わずにはいられなかった。

きくは順子の担任に、東京に連れ戻したいということを話した。しかし、すぐに反対された。東京に連れ戻すなど危険だと言うのだ。

「お母さん、なんでわざわざ東京になんか連れて帰るのです。この千葉の成東《なるとう》にいれば、食べる物もいくらかあるし、第一安全です。もう一度考え直したらいかがでしょうか」

「いいえ、先生。転校の手続きをすぐにしてください。順子は東京に連れて帰ります」

「やはり考え直してはどうでしょうか。だんだん慣れていけば子どものことです。きっと土地の子とも仲良くなります。そうすれば元気になると思いますが。どうでしょう、お母さん」

「先生、お願いします。順子をどうしても東京に帰らせたいのです」

「そうですか。いいんですか、本当に。そんなにまでおっしゃるのでは仕方ありません。わかりました。すぐに手続きをしましょう」

東京に帰ってきた順子は、とても生き生きとしていた。順子の父はこの戦争の開始を知らずに他界していた。まだ四歳の末っ子新平が、無事に育つことを祈りながら暮らす毎日だった。

きくの家はとなり組の組長でもあった。ほんのわずかな配給を一五軒の家に配ることもきくの大切な仕事だった。そんな時、成東から帰って来た順子は懸命に母の手伝いをした。その小さな手には重すぎるような物を運んだり、こまこまと走りまわったりした。

「たくさんお手伝いするから、もう田舎には行かせないで。ずっといい子でいるから東京にいてもいいでしょ」――順子の顔はそう語っていた。そんな姿を見れば見るほど、順子の田舎でのつらい日々がまぶたに浮かんできた。〝東京の子ども〟と言っていじめられたのだろう。よっぽど神経を使ったに違いない。もう二度と疎開させるのはよそう。きくは自分に誓った。

順子が戻ってきたせいか活気のあふれてきた桜田家に、三月九日の夜が訪れた。警報が鳴り響いた。

「新平、順子、よし子、早く起きて。ほら防空壕に行くのよ。さあ起きて」

きくは、幼い子どもたちを起こしながらふと考えた。戦争で大変なのは兵隊さんかもしれない。けれども一番かわいそうなのは夜もゆっくり眠れない子どもたちではないのか。いけない、今はそんなことを考える前に、早く安全な所に行かなくては。

「健治、みんな防空壕に入った？」

一八歳になる健治にきくは尋ねた。健治はこの家で唯一の男手であった。

「まだ順子が来ていないよ」

「え、まだ？　いったい順子はどうしたのかしら、空襲だというのに」

きくがあわてて捜すと、順子はとなりの部屋でスースーと寝息をたてていた。

「ほら、起きなさい。防空壕に入るのよ。順子、順子」

「うーん、まだ寝てる」

「ほら、早く早く」

裏庭の防空壕に行くまでの廊下は少しばかり長い。まだ眠気の覚めない順子には、空襲が怖いということよりも、眠いということの方が大きかったのだ。しかしもうそんなひまはない。

「さ、防空壕へ行くのよ」

通りには浅草の方から逃げて来た人がたくさんいた。むこうの方は夜なのになんとなく明るい。防空壕には近所の人たちも来ていた。いざという時のために、新平はきくがおぶった。二四歳になる長女・智恵子の子どものよし子は健治がおぶった。順子は隣家の娘さんがおぶってくれることになった。

「もう逃げなくては」――きくは思った。何よりも命が大切。彼女らは外に出た。まわりは一面火の海だった。助からなくては、助からなくては。きくは何度もつぶやいた。たつまきのようなものが、火災のため起こっていた。家族と離れてはいけない。一緒にいなくてはまずい。

が、そんな願いもおかまいなしに、たつまきは彼女らを離れ離れにさせた。

気がついたら、きくは野原に茫然と立っていた。あの火の中をどう渡ってここまで来たのかは、まったく覚えていない。背中にはしっかりと新平がいた。見てみると眠っていた。死なずにすんだのだ。きくは大切な義務を成しとげた後のようにホッとした。自分たちはここで生きている。ひとまず助かったのだ。しかしすぐ後に、別れた健治や順子のことが気になった。だが、今はどうしようもない。千葉の成東に帰ろう。


駅に行くと、成東行きの列車は一晩たたないと来ないということだった。休んでいると、まわりに蚊がいっぱい寄ってきた。追い払っても追い払ってもやって来る。まるで不幸のようだ。ほっとして乗り込んだ列車は違う方面に行く列車だった。仕方なく貨車で行き、成東までの一里の道を疲れきった体で歩いた。頭をかすめるのは、消息のわからない健治と順子のことだった。背中の新平があまりにも静かなのでそっとのぞいてみた。よく眠っている。ああ無事でよかった。みんな生きていてね。お願いだよ。

成東にやっと着いた。健治と背中にいたよし子も無事だった。しかし順子は戻って来ない。一日たっても二日たっても、一週間たっても順子は戻って来なかった。東京の家へ帰った。あるのは死体だけ、近くに住んでいた親子三人が並んで死んでいた。まっ黒にこげているのではなく、変な、人間の原点に戻ったような膚色《はだいろ》をしていた。それがかえって不気味だった。そこで運よく近所の人に会えた。

「桜田さん、お宅は大丈夫でしたか」

「えー。でも順子が帰って来ないんです」

「火の中で順子ちゃんをおぶっているお隣の娘さんを見た人はいるんですが……。そうですか。帰って来ないんですか」

きくの目に映るのは死体だらけの通りだった。その死体をまるで物体を扱うように掘った穴に入れて、その上に土をかぶせていた。川や池も死体ばかりだった。ああ、あの中に順子がいるのだろうか。池の中に順子は眠っているのだろうか。無事でいてほしい。いや無事でいなくてはいけない。あの子はこれから生きていかなくてはいけないのに。まだ一年生だ。生きていなくてはいけない。

そんな望みも何日かたつにつれ消えた。きくはいつまでも信じていたかったが、時間というものが許さなかった。もう無理だろう。あまりにも熱いので、池にでも飛び込んでしまったのかもしれない。ああ、あの時、みんなで一緒に逃げれば順子だけ苦しませなくてすんだのに。ああ、浅草の人が逃げている時に一緒に逃げれば無事に逃げられたのではないか。

あのまま疎開させていれば。ああ、あんなによく手伝ってくれたのに。なんてバカだったたのだろう。いくら順子がかわいそうだからと言って、死んでしまってはどうしようもないのに。でも、あの時はどうしようもなかったのだ。順子の疎開は苦しすぎたのだから。いや、でも少々苦しすぎても安全な所にいた方がよかったのではないか。……順子、すまないね。

三七年たった今でも、あの時と同じ考えだね。戦争でいちばん苦しむのは子どもや女たちだよ。あと一回でもくり返したら、人間はおしまいだね。順子のことは、そうだね、それもあの子の運命だったのだと思っているよ。

〔付記〕この順子さんというのは、私の父新平のお姉さん。生きていれば私のおばさんになるはずの人です。この文中のきく、つまり私の祖母は、私の顔を見るたびに、「正子は本当に順子にそっくりだね」と言います。祖母だけでなく、おじやおばもそう言います。そんなことを言われると、私も順子さんの生まれ変わりなのかな、と思うし、その気になってきます。

戦争について書くことになった時、ふと順子さんについてもっと知りたくなり、祖母から話を聞きました。祖母にとっては苦い体験、話すことを拒むかと思ったら、いろいろと快く話してくれました。祖母も最近まで戦争の話やフィルムを見るのがすごくいやで避けていたそうです。近頃はなるべくむごさを知ってもらいたいと思っているそうです。

話しながら私をみつめる祖母のまなざしは、いつのまにか順子さんと私をだぶらせていました。私は二人分生きなくてはいけないのです。私の花嫁姿を見る時、順子さんの花嫁姿をも、見ることになるのでしょう。

ここに書いた話は、私の想像もずいぶん含んでいますが、戦争について百分の一、千分の一も書けなかった自分の文章力のなさに情けない思いがしています。一つの事実として書きたかったと思います。

一方、私の母方の祖父は建築関係の仕事をしていますが、戦争中に皇居の防空壕を作ったそうです。それは鉄筋コンクリートでできていて、コンクリートの壁の厚さは一メートルという超豪華版だったということです。

〔しもおか・まさこ／現姓・山崎正子〕

〔下岡正子さんのこと――おのだ めりこ記〕
「死んだ順子さんにそっくりだね」と言われた正子さんですが、今では大手企業で働くワーキングマザーです。正子さんが順子さんのことを書いてから三三年目の二〇一四年夏、正子さんの長女も女子学院中三年生として同じ課題に取り組みました。本文68ページ「健治と背中のよし子」と共に逃げた叔母の広子さんに取材して、火の海を逃げ惑った恐怖の一夜を書いたということです。
「聞き書き学習35年」が生んだ嬉しいニュースでした。

＊一九七八年度第24回青少年読書感想文コンクール中学生部門総理大臣賞受賞

戦争はわからないけれど

―『ガラスのうさぎ』を読んで―

◉一九七八年度女子学院中学一年　関　日子

我が家の八月一五日は、すいとん日《デー》である。母が戦争中のことを忘れぬようにともう何年も続けてきた。母の作るすいとんはボリュームたっぷりで、私と弟はこの日を毎年楽しみにしているが、ムシャムシャと食べるだけで、すいとんと戦争の関係なんてあまり考えなかった。

父は母の考えに反対である。「そんなことしたからって何になるのだ。お母さんは、戦争なんか全くわかっていない。疎開をしておなかがへってすいとんを食べて、などというのは戦争ではない」と言ったりする。父は少年兵としていくらか実際に戦ったこともあるのだ。

そういう論理でいくと、このガラスのうさぎの敏子も戦争の体験者とは言えないことになる。しかし、そういう父の考えは、まちがっているように思う。

あの戦争の時代を生きた人全部が、やはり戦争に参加して戦ったのであり、その一人一人が感じた戦争がその人にとって戦争そのものであるのではないかと思う。誰かれの区別なく、またその人の意志に関係なく巻き込んでしまうのが戦争のおそろしい所なのだ。

でも正直いって私には戦争というものがどうもよくわからない。年に一度、すいとんを食べることなどではもちろん、八月になるとこれまで毎年のように母が買い込んで読め読めと推せんする、いろいろな戦争の本を読んでもあまりピンとこない。少なくとも母が感激するようには感動しないのである。だから父のような戦争体験者は、いくら説いてもわかってもらえぬもどかしさからイライラし、あきらめてしまうのだろう。

しかし、また決してあきらめない人たちもある。この『ガラスのうさぎ』も、作者が戦争を経験したものの義務として、私たちのように戦争を知らない子供たちにそのおそろしさを伝えようと、自身の体験を書いたものなのである。

では、この『ガラスのうさぎ』を読んで主人公と同い年の私はどう思ったか。

私はまず第一に、敏子の強さにびっくりしてしまった。母と妹二人を東京の空襲で失い、その上父までも機銃掃射で目の前で殺される。兄は二人とも軍隊に入った。悲しくて、腹立たしくて、心細くて、私なら自分の運命をのろってヤケになるか、なげき悲しむ所だが、敏子は決して泣きわめいたりはしない。一人ぼっちになった夜、さすがに死を考えて一人海辺をさまようが、「自分が死んだら、父や母や妹の墓参りは誰がするの」と考え直し、また「明日死ぬとしても最後まで悔いの残らないよう、一生けん命生きよう」と思う。そんな敏子に感心させられる。そしてどんなひどい状態に追い込まれても、いやそんな所でこそかえって大きく成長する人間は、とても素晴らしいと思う。

そんな敏子をなぐさめ、力をかす周りの多くの人たち、疎開先の西山さん、死んだ父を焼くたき木を集めてくれた友人たち、お寺の和尚さん、見ず知らずの敏子を心配して一晩とめてくれた農家のおばさん——。何だか戦争中の方がみんなみんな親切なように思える。あるいはアメリカという共通の敵を持つことで、日本人がみんな一つにまとまっていたからだろうか。だから戦争中は誰もが不自由な生活をしていながら、かえってそのとぼしい物を分け合うことができたのかも知れない。

ところが戦争に負けると、みんなが自分の利益だけを考えるようになってしまう。昔、敏子の両親にいろいろ世話になった親せきの人たちが敏子を引き取ることにしり込みし、引き取ってくれた伯母さんの家でも敏子を悲しませるようなことが起こるのだ。どうして人間は共通の敵がいないと仲良くなれないのだろうか。

また私は、生きることの大切さと大変さを考えさせられた。明日をも知れない運命にあった敏子たちがあれほど一生けん命に生きたのに、平和な中で生きられる私たちが、何か時間を持てあまして、ダラダラと無気力な生き方をしていたり、中には自殺したりする人が出たりすることは、本当に恥ずかしいことだと思う。生命を守ることの難しさを体験した人は決してそれをたやすく捨てることはないのだろう。

今や、戦争を知らない人間が国民の半分を占めているそうだ。私もその一人として、この作者が伝えようとした戦争のおそろしさや平和の尊さを全部理解したという自信はないが、一年に一度でもいい、今の平和が多くの尊いぎせい者によって得られたものであることを考えて、まず自分の一日一日を充実させることから、その教訓を生かしていきたいと思う。

ガラスのうさぎ――この無力でこわれやすいもの。こんなにやさしく力弱い動物をこわしたのはだれ？

私はそれを憎む。戦争を憎む。

［せき・ひかりこ／現姓・小野日子］

〔関　日子さんのこと――おのだ めりこ記〕

両親と妹たちの三三回忌供養に書かれた高木敏子さんの『ガラスのうさぎ』が金の星社から出版されたのは一九七七年。出版と同時にベストセラーとなった同書は、七八年度第24回青少年読書感想文コンクール中学生部門の課題図書に選定されました。

この年に女子学院中学校に入学した関日子さんの感想文「戦争はわからないけれど」が総理大臣賞を受賞しました。女子学院が戦争体験聞き書き学習に初めて取り組んだのは、関さんたちが中学三年の年でした。

同年の夏に「YWCAひろしまの旅」に参加した関さんは、「将来、平和のために働きたい」と決意し、大学卒業後キャリア外交官として外務省に入ります。同期二六人中女性はひとり、戦後二〇人目の女性外交官でした（現在は一三一人に増えています）。米国日本大使館勤務中に出産、日本で五人目のママ外交官となります。

首相官邸国際広報室長として「一年で地球を六周する」ようなハードな仕事の傍ら、グローバル・ママ・ネットワークの立ち上げに参加。二〇一四年から国際文化交流基金に勤務しています。

Ⅳ 原爆

八月六日ヒロシマ駅

◉一九八五年度中学三年　野間　優美

昭和二〇年七月。雛子《ひなこ》は七か月になる昭之を抱いて、夫の実家の広島にやってきた。東京から雛子の実家の兵庫に疎開し、今度は広島へ、空襲から逃れるために女手ひとつで二人の子供をつれてやってきたのだった。夫の勝は戦争に行っていた。三歳になった和子をやむなく兵庫の実家に預けて来たところである。

夫の実家での生活は全てがこれまでと違っていた。長い間彼女が口にしてきたのは、数える程しか米粒が入っていないおかゆだったのだが、実家では白米にかぼちゃを入れたご飯や新鮮な魚が食卓にあった。あまりの違いにびっくりすると同時に、姑の嫁いびりが彼女を悩ませるのだった。これまで沢山の米を炊いた事がない雛子は水加減がわからない。その度に「あんたは米の炊き方もわからんの!?」と怒鳴られた。朝から晩まで子供を背負い、女中の様に働き通した。涙で身も心も疲れ果てる毎日だった。

広島に来て二〇日位過ぎた夜の事だった。

「勝が来た、勝が来た！」

という声が聞こえ、雛子が驚いて外に出てみると、そこには夫が立っていた。

「どないしたん、突然！」

何でも大竹の潜水部隊に来たと言う。勝は一夜を実家で過ごした後すぐに戻って行った。それからは面会する事も出来ず半月が過ぎたある日。

「もう家じゃお前達を食べさせる事が出来ないから、兵庫の実家に帰りなさい」

と雛子は、突然姑《しゅうとめ》から言われたのである。

その翌日の八月六日、雛子は朝六時過ぎに家を出て、広島駅に向かった。義父が駅までついてきてくれたが、電車はなかなか来ない。

「お義父さん、ありがとうございました。どうか先に帰ってください」

義父に帰ってもらうよう頼んだ。大分経ってやっと電車が来たものの満員で、デッキにまで人がぶらさがり、とても赤ん坊を連れて乗れる状態ではなかった。仕方がないので雛子は次の電車を待つ事にした。

その日はとても暑かった。（これでは昭之の体に良くない。水でも飲ませなければ）と思い、ホームの日陰に入って背中の子を降ろして抱いた。

その時だった。ピカッと空まで明るくなる様な閃光《せんこう》が一瞬輝いた。思わず子供を抱いてうずくまった。眼を開けると、今までの様子とはまるで違う光景が眼に飛び込んで来た（駅に爆弾が落ちたんだ）。辺りの事が気になり、自分の姿の変わっているのには気づかなかった。赤ん坊を見ると、顔が真っ黒くほこりだらけになり眼を開ける事が出来ず、必死に泣いている。持っていた水筒の水でタオルを濡らし子供の顔を拭いた。

（とにかくもう一度実家に帰らなければ）立ち上がって周囲を見まわした。五メートル程離れた所に男の人が倒れて死んでいた。雛子は自分の目を疑った。（何て大変な事になったんだろう！）と、子供を抱いて駅の外へ走り出た。外の光景を見て、またびっくりした。建物という建物が皆ペチャンコに壊れ、ガレキの山の様になり、見渡す限り何もない。無我夢中で川の方へ向かって歩いた。だが方向が分からない。うろうろ歩き回っている内に川が見つかった。早く実家に行かなくてはと橋を渡った。しかしこれまであった道はなくなり、町も何が何だか分からなくなっていた。

雛子はどうする事も出来ず、途方に暮れてしまった。仕方がなくまた駅の方に戻ろうと振り返ると、今渡ってきた橋が燃えていた（どうしよう。こんなに何もかもが一度に無くなってしまうなんて——。一体何が起きたのだろう）。そんな事を考えている内に背中がヒリヒリと痛んできた。手をやってみると、髪はチリチリに焦《こ》げ、着ていた洋服の背中の所がボロボロになり、火傷《やけど》をしているのに気がついた。（ああ、どうしよう）雛子はしゃがみこんでしまった。そのうちに周りの家から火の手が上り、だんだん広がってきて渦を巻いて燃えてゆくのが見えた。そのからだが熱くなりじっとしていられず、持っていたタオルを川の水で濡らして身体にかけ、子供を自分の身体で抱える様にして熱風から守った。

その時初めて周りに大勢の人達がいるのに気づいた。顔中紫色になり大きくふくれあがっている人。着ている物がボロボロで、体の皮が垂れ下がっている人。それはまるでジャガイモの皮がぴらぴらしている様だった。裸で呆然《ぼうぜん》と歩いている人。傍《かたわ》らに横たわっている人は体中がふくれ上がり、小さな声で「水、水」と手を差し出してくる。この世の出来事とは思えず、まるで地獄を見る様で生きた心地がしなかった。

熱さから逃れようと川に飛び込む人や浮いている人もいた。雛子はじっと座ったまま水で体を濡らしては熱さをしのいだ。このままでは死ぬしかない、と覚悟を決めて子供を抱いて呆然と時を過ごした。

何時頃だっただろうか。兵隊の乗ったトラックが何台かこちらにやって来た。兵隊はトラックからドタドタと降り、生きている人を次々とトラックに乗せていた。雛子も駆け寄り乗せてもらった。車台には人間とは思えない異様な人で一杯だった。（一体何処に行くのだろう。でも助けに来てくれたのだから、ひょっとしたら助かるかもしれない……）一筋の光がさしたような気がした。

ガタガタと揺られて、それぞれ知らない民家に預けられる事になった。尋ねるとそこは海田市という所であった。雛子は一晩中背中がヒリヒリして寝つけなかった。昭之も耳たぶを火傷《やけど》していた。人を運ぶだけで精一杯で、治療をする余裕など無かったのだろう。紫色にふくれ上がった人、体の皮がヒラヒラむけた人、みんなどうなったのだろう。これが戦争というものか。悪夢でも見ているようで、気が変になってしまいそうだった。

翌朝汽車に乗り、兵庫の実家に帰る事にした。神戸駅に着いたのは夜遅くなってからで、待合室のベンチで朝になるのを待った。翌朝電車に乗ると、他の人達がジロジロと雛子を見ている（異様に汚れた私の姿を見ているんだろう）。他の人の話を聞くと、広島に大きな爆弾が落ちたということだった。

やっとの思いで雛子は家にたどり着いた。姉がびっくりした顔で上から下まで眺め、暫《しばら》くして、

「雛子なの!?」

と叫んだ。それまでこらえてきた涙が一度にこぼれてきて、どうする事も出来ず姉にすがって泣いた。後で聞いた所、一体誰が来たのか解らず、乞食でも来たのかと姉は思ったそうだ。

それから二か月余りずっと下痢が続き、背中からは膿がジクジク出て着物がすぐに汚れた。子供は泣いてばかりの辛い日々が続いた。勝の一番下の妹は、勤労奉仕に出たまま原爆を受け、結局遺体は見つからず、洋服の切れ端だけが唯一の遺品として見つかった。

戦争が終わり、九月初めに勝が帰って来た。雛子の火傷を見て病院に連れて行くと、白血球が平常より減少していた。雛子のめまいは何年も続いた。それでも昭和二二年三月、彼女は次女・智恵子を出産した。

〔付記〕 雛子は私の祖母で、昭之は私の父です。現在祖母とその次女は、甲状腺機能低下症で治療を受けています。また、祖母は骨が非常にもろくなり、骨折をし易くなったので、月に一度は注射に通っています。祖母ははじめこの話をするのを嫌がりました。一つは姑のいびりや苦い思い出を蒸し返されたくないからであり、もう一つは、私が結婚することになった時、原爆二世だという事が知られて婚約破棄などとなってしまってはかわいそうだからだそうです。祖母が書いてくれた手記の最後には、平和への願いが込められた文がありました。最後にその文を引用したいと思います。

「戦争とは本当に恐ろしいもの。あの原子爆弾は全人類の滅亡につながるもの。不幸な出来事は広島、長崎だけでもう沢山です。
核実験を一日も早く止めて下さる様、経験者の一人として願わずにはいられません。地球の全人類の幸福の為にも子孫の為にも」

〔のま　ゆみ／現姓・熊野優美〕

ヒロシマの祈り

◉二〇〇三年度中学三年　野村　実加

八月六日――今年もこの日がやってきた。今日は広島に原子爆弾が投下された日。
そして――。

今からちょうど五八年前のこと。確か、八時を少し過ぎた頃だった。小学五年のエミ子は、いつものように学校の裏で友達とかくれんぼをして遊んでいた。その日は快晴で日差しが強く、じっとしているだけで汗ばむような陽気だった。それでもそよ風がとても心地よくて、それは普段と何ら変わりない一日となるはずだった。

そんなのどかな空間を切り裂いたのは、突然のけたたましいサイレンの音。何が起こったのか分からなかった。それでも先生の、

「裏山に隠れろ！」

と叫ぶ声を聞くと、一目散に裏山へと入っていった。そのとき、エミ子は見たのだった。今自分がいるところから遥か遠くに、キノコ雲が上がっているのを。そしてその上を、何機かの飛行機が旋回しているのを。

あまりの恐怖に、声すら出せなかった。ただ裏山の茂みに入って黙っていることしかできなかった。

しばらくして、先生から帰宅命令が出た。さっきのキノコ雲に関する情報が入ってこないため、家に帰った方が安全であろうと考えてのことらしい。エミ子も昼頃には家へと辿り着いた。

「あぁ、おかえりエミ子。よう分からないんじゃが、広島にデッカイ爆弾が落ちたそうじゃ」

——広島に……爆弾!? 今まで滅多《めった》に攻撃なんてされんかったのに……。

そこでふと心に浮かんだのは、兄である里志《さとし》のことだった。里志は、昨日軍隊に入ったばかりだったのだ。それも、爆心地に近いところに。

「お母さん、お兄ちゃんは？ お兄ちゃん、元気にしとるんじゃろうか？」

「よう分からないけえ、里志の知り合いの人が広島に行って、調べてくれるそうじゃ」

「そう……」

本当は、もっともっと問い詰《つ》めたい気持ちでいっぱいだった。しかし何かがエミ子をためらわせた。するともう他に言う言葉も見つからず、ただ相《あい》づちを打つのみであった。

それからしばらくは眠れない夜が続いた。

――あんだけすごいキノコ雲が上がるような爆弾じゃけん、もしかしたら、お兄ちゃんは、お兄ちゃんは……。

――ううん。そんなことあるわけない。昨日はあんなに元気そうじゃったんじゃ。お兄ちゃんに限って、そんなことない。絶対、ない。

しかし、そんなエミ子の想いも虚《むな》しく、彼女たちの元に届いたのは里志が入院しているという知らせだった。母はすぐにも里志の入院するところへ向かおうとしたが、汽車に乗るための手続きにてこずり、結局、三日後となってしまった。

「じゃ、お母さんは行ってくるけえの」

「うん。家のことは任せといて」

正直、小五のエミ子にとっては、こんな時に母親がいないなんて心底不安なことである。しかしワガママなど言っていられないのだ。四日前に兄を見送った際にしたように、力強く手を振って、母を送り出した。

エミ子の母は、向原の駅から芸備《げいび》線の列車に乗り、広島へ向かった。息さえできないようなぎゅうぎゅう詰めの列車からやっとこさ降りると、自分の目の前に広がる光景を見て愕然《がくぜん》とした。

――ここがあの広島？　建て物なんて何一つ残っとりゃせん……。

駅の周辺はまっ平《たいら》で、今まで見えなかった遥か遠くまでもが見えた。本来目印となるはずの建て物をほとんど失ってしまった以上、もはや頼れるのは人だけ。人に道を聞きつつ、ようやく里志のいる病院を見つけることができたのだった。

病院の中は、あまりにも悲惨な状況だった。顔の焼けただれた人や体の一部を失った人、皮膚がべろんとめくれてしまった人までいる。そんなたくさんの怪我人の中から、母は必死で里志を探した。ようやく見つけた里志は、あまりにも変わり果てた姿だった。一命はとりとめたものの、熱い空気をたくさん吸ってしまったらしく喉がただれていて、予断を許さぬ状況だという。

――どうして里志が？　まだ…まだ軍隊に入ってたった一日だったんに……。

原爆が落ちてすぐに調査に行ってくれた人の話によると、里志はそのとき、軍隊に入って初めての朝食を食べるため食堂にいたらしい。爆心地には近いものの、屋内にいたため即死はまぬがれたそうだ。

エミ子の母が里志の看病をしていると、ふと隣に寝ていた兵士に腕を引っ張られた。彼女が振り向くと、兵士はありったけの金や持ち物を差し出して、弱々しくこう言った。

「水……。これで水を少しください……」

彼女は、ここにいる怪我《けが》人に水を与えてはいけないと言われていた。水を飲めば死んでしまうから、と。しかしここで水を与えようと与えまいと、この兵士の命が長くないことなど分かりきっていた。何より、こんなにも切に水を求める兵士を放っておくことなどできるはずもなく、そっと彼に水を飲ませるのだった。もちろん、差し出された金品を受け取ることなく。

次の日の朝、兵士は冷たくなっていた。エミ子の母は、一人静かに涙を流した。

広島に原爆が落ちてから九日後の八月一五日に、日本の全面降伏という形で終戦がおとずれた。

「里志……戦争が終わったよ……。日本は負けたんだ……」

母は里志に語りかけた。しかし、本当はまだ終わっていなかった。戦争がもたらすものを痛感するのは、これからだったのだ。

次の日、里志は死んだ。まるで終戦を見届けるかのように。母が目覚めたときには、もう息をしていなかった。それは彼女にとって、あまりにも哀しく、あまりにも尊い死だった。それなのに、里志はまるで丸太のように、他の死体と一緒に縦横《たてよこ》に何段にも重ねられ、油をかけられ、火をつけられた。そんな淡々とした作業を、燃え盛る火を、そして天に昇っていく煙を、母は涙を流すことも忘れて見続けていた。それは永遠にも感じられるような、長い長い時間だった。

やがて火は消え、里志のものとされる骨が渡された。無論その骨が誰のものかなんて、誰にも分かるはずもなかった。彼女は、骨と一緒にお墓に入れるために切り取っておいた、里志の髪と爪を抱え、静かに家路へとつくのであった。

その頃エミ子は、母と、兄の帰りを待っていた。母が行ってしまった二日後に、父は市内の整理をするために広島へと狩り出されてしまい、今家にいるのは子供たちだけだった。本当に心細かった。

一六日か一七日頃に、母が帰ってきた。しかしそこに兄の姿はなかった。

「里志ね、一〇日間必死に生きたんよ」

彼女は、里志が死に至るまでの一〇日間のことを語った。それを聞きながら、皆涙が止まらなかった。

――あと三日……いや、一日原爆が落ちたのが早かったら、お兄ちゃんは死ななくて済んだんだ。

――違う。もっと早く日本が降伏してくれれば！　そもそも戦争なんかしなければ……！なんで日本は戦争したん？　なんで？　なんで？

「……なんでじゃの……？」

声が震えた。エミ子たちは、涙が枯れるまで泣き続けた。

しばらくして、異変は母にも現れた。下痢が止まらなくなってしまったのだ。また、髪の毛をとかす度に、ゴソっと大量に抜けるようになった。しかしそれが原爆のせいとは知らず、「何でじゃろうか?」と疑問に思うだけであった。

(後日談になるが、これが原爆症の症状だと知るのはもっと後のこととなる。分かった後でも症状は続き、エミ子の母を苦しませたのだが、色々な治療を試した結果やがて治まり、八八歳まで長生きした。)

「一〇年間は木が生えないだろう」と噂された広島も、思いの外早く復興していった。やがてエミ子も年頃になり、お見合いをするようになった。そこで出会った喜平《きへい》も、エミ子の母と同様に被爆していた。

喜平は原爆が投下されたとき、学徒動員のため宇品《うじな》の鉄鋼関係の工場にいた。急にピカッと光ったので外を覗いてみると、その瞬間に斜《なな》めに貼られていたはずの瓦《かわら》が縦《たて》に起き上がったのを見た。と同時に、爆心地から少し離れているのに、体が七、八メートルほど吹き飛んだのだった。幸い工場の中だったので光を直接受けることはなかったのだが、工場が破壊してしまったため、家に帰ることになった。

喜平はただひたすら広島市内を歩いた。建て物がたくさん破壊しているのを見た。皮のめくれた人が、手を前に突き出して歩くのを見た。人が次々と川に飛び込み、そして死んでいくのを見た。それでも彼は黙々と歩き続けた。

家があったと思われる場所に着いたが、家屋は大破していて誰もいなかった。喜平は少し離れたところにある親戚の家を目指し、また歩き出すのだった。もはや歩く力はなかった。それでも彼は歩かなければならなかった。もはや気力だけが、重い足を一歩、また一歩と前に出しているような状態だった。

一体どれくらい歩いたのだろうか。喜平はやっとのことで、親戚の家へと辿《たど》り着いた。そこには父も母も無事でいて、喜平はその元気な姿を見た瞬間心から安堵《あんど》し、体の力が抜けてしまった。地獄絵のような中を、ずっと一人で歩いてきたのだ。こわくて心細くて、生きている心地などしなかった。ようやく「ああ、自分は生きているんじゃ」と思えた瞬間であった。

——こんな喜平の被爆体験をエミ子が聞いたのは、結婚してしばらくしてのことだった。そのとき彼はこうも漏《も》らしていた。

「実は東京の人とも何度かお見合いをしたことがあったんじゃが、『被爆している』と言うたらすぐ断られてしまったんじゃよ」

喜平には姉が三人、兄が一人、弟が一人いた。しかし疎開していた弟以外、全員戦争で失ってしまった。兄はとても頭がよかったが体は弱く、栄養失調で亡くなった。お嫁に行った二人の姉は、原爆の際に行方が分からなくなり今もそのままである。郵政省に勤めていた姉は、原爆のせいで片腕がもげ、そこに塗る薬もないため蛆《うじ》虫がわき、まもなく亡くなったという。

エミ子は、自分の体験や喜平の体験を聞くことにより、改めて思うのだった。戦争は、ただ無意味に人の命を奪うような、決してやってはいけないことだと。もう二度と戦争なんて起こってほしくないと――。

八月六日――今年もこの日がやってきた。今日は広島に原子爆弾が投下された日。そして、喜平の命日なのである。彼は広島に原爆が落ちた日のちょうど五二年後に、原爆が原因と思われる病気で亡くなったのだった。これは因縁《いんねん》というものなのだろうか。

――もしかしたら、原爆で命を落とした人と一緒に供養してもらうためだったのかもね。

エミ子は仏壇に手を合わせながら思った。

ふとテレビをつけると、平和の象徴である白いハトが、今、大空へと飛び立った。幾千もの、幾億もの想いを乗せて。

〔付記〕　エミ子は母方の祖母です。八〇歳を過ぎた今も元気にひとり暮らしをしています。

〔のむら・みか〕

ある教師の話から

◉一九八〇年度中学三年　白柳　裕子

昭和二〇年、日本は確実に敗戦に向かっていた。八月六日を迎えたのは、私が中学三年の時だった……。

朝礼の時間。校長の訓辞が終わったか終わらなかったか……。頭上の戦闘機の爆音に思わず顔を上げた瞬間だった。

ピカッ

突然視界が真っ白になり、私は地に伏せた。

どのくらい時がたったろう。不思議な、本当に不思議な静寂。全市を包む黄色い雲——。

あつい！　夢中で川に飛び込んだ。私のまわりに、人、人、人……。

電線がショートした？

ガスタンクが爆発？

いったい何が起きたのか？

真っ赤な炎が迫ってくる。辺りが溶鉱炉のようになっていく……。

気づいた時には必死で比治山《ひじやま》をよじ登っていた。人々は力尽きて倒れ、死体を踏み越え、転落していく人々の叫びを後ろに聞き……。

山の上から街を見ると――何もなかった。一面、まっ平らだ。普段遠くに見える筈の山が近い。廃墟のところどころにマッチでつけたような火が見える。放心状態が続く。

人々の後について町へ下りた。電線が足にからむ。目の前に火の壁が現れる。通れない。火のおさまるまで山の手に行って待つ。顔がはれてきたのか、次第に目が見えなくなってきた。

そばにいた下級生を連れて歩いて行くと、真っ黒な煙を上げて町が燃えている。とにかく家に帰らなければと駅に向かう。しかし電車は焼けただれ、走れる状態ではなかった……。

北へ北へ……、人とすれちがう度に手の火傷《やけど》が破れてしまう。家に行きつく前に気力も尽きてとうとう意識を失ってしまった。倒れた後四〇度の熱を出したという。

一か月後、傷が膿《う》んできた。包帯を取り替える度に一緒に皮膚がついてくる。うみに蛆《うじ》がたかり、ハエが来る。病院に行こうと思えば長い列が続くのだった。

寝たきりの状態が続いた。頭まで麻痺《まひ》していたのか、辺りの悲惨に慣れ過ぎたのか、白骨化した死体を見ても何も感じなかった。まもなく傷は収縮し、それにつれうみもひいた。顔にはケロイドが残った……。

学校が始まったのは翌年春のことだった。焼け残りの陸軍病院を使った仮校舎に生徒が集まってきた。

爆心地近くに建物疎開にかり出されたクラスは全滅だった。私と一緒にいた七〇人の仲間は生き残っていた。自分が生き残れたことにしみじみ感謝した。

だが、戦後生活に入るにつれ、生き残ったことへのやりきれなさを感じなければならなかった。終戦により私達は何を目的として生きるべきか分からなくなった。今までの価値観が次々と否定された中で私は何をすればよいのか。

何よりも私を苦しめたのは顔のけがであった。自分の顔でなくなった私の顔は若かった私を傷つけた。

「自分のせいではない。戦争のせいなんだ。気持ちさえ立派ならそれでいいんだ!」

何度も自分にいいきかせ……、それでもやはりつらかった。

「原爆さえなかったら……！」

何度私はあの日を呪《のろ》ったことか。

治療にはお金が必要だった。軍需工場に通っていた私は幸いにして準軍属としての保証でお金をもらえた。しかし傷の重い順に並ばせ、順番に金を与えるそのやり方は大きな屈辱だった。傷が軽いと何度も拒否されてやっともらう。乞食のような自分の姿が情けなかった。

その後何年かして教壇に立った私は、繰り返し自分の体験を生徒に話して聞かせた。彼らは黙って聞いてくれた。

私が原爆資料館に赴《おもむ》いたのはそんなある日のことだった。そこには〝あの日〟の写真が展示されていた。黒こげの死体、廃墟、焼けただれた体をさらしながら治療してもらう負傷者の姿。あまりに醜く変わり果てた残酷な姿。その時私はふと感じた。

「人はきれいなもの、美しいものを求める。醜いものはだれでも見たくないし聞きたくもないのだ……。人間的に立派ならそれでいいと、ケロイドの顔をさらしながら原爆の悲惨を語ってきた私は、彼らにどんな印象を与えたろう」

この日から私の原爆に対する沈黙が始まった。

戦後世代が私の教え子となり出したある日、友人は私に尋ねた。「原爆を知らない高校生は原爆についてどう考えているのだろう」私は答えられなかった。と同時に恐ろしさを感じた。人間の記憶はもろい。体験が風化しないうちに伝えていかなければ！

それが私の平和教育の始まりだった。

被爆者への現在の保障は病気の時だけの保障だ。しかもそれは「原爆症」と認定された人のみを対象としている。今私が国家へ訴えたいのは、苦しんだ過去への償《つぐな》いである。自分達の罪を認め、その上で国家の責任としての保障を私達は強く願っている。

〔付記〕今年の夏休みにＹＷＣＡ主催の「ヒロシマの旅」に参加しました。平和公園や資料館を訪れた後に、被爆者のお話をお聞きしました。そのお話をもとにこの聞き書きを書きました。

［しろやなぎ・ゆうこ］

青と緑と赤紫

◉二〇〇三年度中学三年　加藤　真希子

それは穂波《ほなみ》が一七歳になる頃のことだった。

延び延びになった入学式がようやく八月一日に行われ、少しずつ同級生の名前を覚えはじめた八月九日。夏真っ盛りということもあり暑い日だった。その日も朝から職員室の前に防空壕を掘る作業をしていた。入学式以来授業を受けた記憶が無かったが、それでもそれはもう自分達の仕事なのだと割り切っていた。上級生は軍需工場へ動員されていた。いずれ自分達もそうなることはわかっていたから、穂波にとって防空壕掘りという屋外の作業は、同級生と仲良くなれる唯一の機会であり、楽しいおしゃべりの時間でもあった。

穂波の通っていた師範《しはん》学校は男子部と女子部に分かれていた。男子部の生徒は長崎市の浦上《うらがみ》天主堂近くの三菱兵器工場に動員されていた。女子部は長崎郊外の大村市、大村湾に面した小高い丘の上に校舎があった。丘の下には女子寮があった。

午前一一時。やっと休みになったので校門脇の石の柵の上に友達と座り、いろいろ語り合っていた。突然、閃光《せんこう》が走った。顔が熱くなった。そして直後の爆風。ピカとドンは穂波達を一瞬のうちに吹き飛ばした。皆、校舎裏手の雨天体操場に爆弾が落ちたと感じ、ワーワーという悲鳴ともつかぬ声をあげながら一斉《いっせい》に丘の下の横穴防空壕まで駆けた。先生達が真っ先に逃げていった。いつも厳しい家庭科のおばさん先生が、着物を着ていたせいもあってか、焦《あせ》って坂道を下る途中何度もすっ転んでいた。後ろから見ていておかしかった。

今まで空襲を受けたことは度々あったが、自分の数メートル先に爆弾が落ちたような音と光、顔に感じた熱感は、まさに恐怖そのものだった。

校内のどこにも爆弾の落ちた跡は無かった。何がなんだかよくわからなかった。しかしこの日の夕方以降、校内に駐留していた陸軍の人（学校の近くに高射砲《こうしゃほう》陣地があったのだ）から少しずつ情報が漏れてきた。どうやら昼間のあれは広島に投下されたような新型の爆弾だったらしいと……。長崎出身の人達が、夜でも明るい長崎の方を見て涙を流していた。

穂波達が長崎の原爆に本格的に巻き込まれたのは、その日の夜中過ぎのことだった。男子部の学生が数十名、寮の集会室にやってきたのだ。列車が爆撃のせいで浦上駅より先に行けなくなり折り返し運転をし始めたので、女子部校舎の最寄り駅で降りて歩いてきたそうだ。まだ自力で動ける元気な人が多かったが、すごい姿だった。その人達と女子部の生徒を一緒に寝かせる訳にもいかなかったので、雨天体操場で寝てもらった。

翌日、上級生が看護のため長崎に動員されていった。穂波達一年生が動員されたのは更にその翌朝、あれから三日後のことだった。

「浦上駅から岩松駅まで負傷者が運ばれてくるので、彼らを大村海軍病院に搬送《はんそう》しろ」と言われ、暑い暑い中を駅までただ黙々と歩いた。普段なら暑くてすぐ脱いでしまう防空頭巾《ずきん》も、先日の新型爆弾のショックで皆しっかりとかぶっていた。

九時頃に着くという列車は、一〇時、一一時を過ぎてもやって来ない。浦上駅から岩松駅までは三〇分程度の距離なのに……。日陰の少ない、田舎の小さな駅で、ひらすら待った。

一二時近くになってその列車は着いた。客車ではなく貨車だった。何両目かの扉が開けられた。列車内の全負傷者を一箇所で一斉に下ろすと病院側が対応しきれないので、病院がある駅で少しずつ降ろしているのだった。真っ黒に汚れた上級生が飛び降りてきて指図し始めた。貨車の中には負傷した男子学生が、ござやむしろ、ボロ布に寝かされていた。「担架《たんか》を持ってこい」の声に穂波達は駆け寄った。先生達も負傷していて、足を引き摺《ず》っていたり、腕をつるしたりしていた。

「頑張れ」「早く、早く」の声におされ、ひたすら急いでボロ布にくるまれて黒く汚れた負傷者を担架に乗せた。穂波は四人の同級生と担架を持って、列の前から三、四番目に歩き出した。一番前の担架に乗っている人は重傷の様で、足を引き摺っている先生の「もう少しだ。頑張れ、頑張れ」の声がずっと聞こえていた。

駅を出て国道を渡り、病院へと続く野菜や雑草の茂っただらだら坂を登っていった。一二時の太陽が真上から照りつけるし、重いしで、竹でできた担架の棒が汗ですべった。その量といったら、「汗が流れる」なんてものではなかった。担架の上の負傷者はとにかく真っ黒で、表情もよくわからなかった。

坂道に入った所の畑で少し休むこととなった。そこは里芋の畑で、大きく茂った葉が日陰をつくっていた。休みはそう長くはなく、すぐにまた出発しなければならない。

その時、一緒に担架を運んでいる仲間が、

「ねえ、もらってもいいよね」

と、誰ともなしに言った。大きく広い里芋の葉っぱのことを言っているのだとすぐにわかった。

「……いいよね！」

皆の心の中は一つだった。他人の畑のものだけど……。

「いいよね、もらいましょうよ」

里芋の葉はとにかく折りにくい。どうやって折り取ったのだろう。担架の上の人はただ苦しそうに目をつぶっていた。その顔にそっと里芋の大きな緑の葉っぱを載せて、担架は動き出した。もう誰も口をきかなかった。「重い」とも「暑い」とも、そして「大丈夫ですか」とも……。

目指していた丘の上の病院に着き、病棟の渡り廊下から病室へ。看護婦さんが走り寄ってきて、受け取ってくれた。

その時だ、病院の入口というより廊下の端《はし》に、あの重傷の学生が担架に乗せられたまま、治療らしきことを受けているのが見えたのは。白衣の人に囲まれて、うつぶせになった背中だけが目に入った。

赤にも紫にも見える、黄白色の点のある、皮の無い背中。背中全部に皮膚が無いのだ。背中にこびりついたように見えた黒こげのものは、洋服ではなく皮膚だったのだろう。例えようもない異様な臭い。それを嗅《か》いだのは一瞬だったのか、それとも数秒、数分だったのか。

皆の励ます声が聞こえていたから、まだ息はあったのだろう。先生が生徒の名を呼ぶ声がひときわ甲高《かんだか》く響いていた。

そのうち学校近くの開業医の病院にまで負傷者が運ばれるようになり、穂波達は連日看護に動員された。

薬も無かったのだろう。暑い中、寄ってくるハエを団扇《うちわ》であおいで追い払ったり、傷の中に湧く蛆《うじ》を箸で取ったりといったことしかできなかった。重湯《おもゆ》も飲めないような若い学生が、ただただ「おかあさん」とだけ呟《つぶや》いていた。昨日まで元気だった人が、何故か次々と倒れていった。

穂波はその後、旧家の医家の長男の嫁となった。看護婦や女中を含めると総勢十七名にもなる家庭に入り、泣き言も言わず立派に息子と娘を育て上げた。今年で七五歳になる。これまで後遺症や子供への影響を恐れて、婚家《こんけ》先には原爆に遭《あ》ったことさえ言えず、息子や娘にさえもはっきりと語れずにいた。同窓会でも、その話は何となくタブー視されていた。

しかし今夏、中学三年生の孫から、おばあちゃんと戦争の話、原爆の話を……と頼まれた時、やはりしっかりと思い出して話しておこうと覚悟した。もう大分同級生が死んでいる。生きている人も、原爆のせいだろうか、癌などに冒《おか》されている場合が多い。穂波自身も物忘れが多くなり、今しか語れないような気もした。一度は誰かにちゃんと語りたかったのだ、とも思った。

初めから真面目にきちんと聞いて欲しかったのだ。あの時の自分と同じ年齢になろうとしている孫娘。反抗期だとか思春期だとか、若さの特権のように言い放つこの子に、反抗期や思春期の無かった自分達の時代のことを。里芋の葉をかけて運んだ被爆者や、あの異臭や背中の紫色に原点のある自分達の戦争嫌いのことを。

青く晴れた真夏の空と、大きな緑の里芋の葉、そして皮の無い赤紫の背中の色と異様な臭い。あれを異臭と呼ぶのだろうか。思い出したくない、それなのに原爆だ何だといえば必ず思い出されてくるのだ。原爆だけは、ただただ駄目だ。どうにもならない程、怖く恐ろしいものだ。普通の戦争のものとは思えない。

今、世の中はまた戦争に近づいている。長男誕生の時、戦争をするぐらいならアメリカでもロシアでも中国でもどこの国の人間になってもいい、日本人でなくていい、子供を戦争にやらないですむのなら……と思った。この思いはどこに伝わるのだろう。べろりと剝《は》げて皮の無い背中！　あの赤紫色！　異様な臭い！　あんな思いを子供や孫にさせたくない。

せめて青い空と里芋の緑だけでも忘れないでいたい。長崎のこの原爆を、もう誰にも。国も人種も宗教も関係ない、ただただ核だけは誰にも使って欲しくない。

ずっと楽しい長閑《のどか》な老いを送れますように。

［かとう・まきこ］

「聞き書き学習」を始めた当時の手書き作文集
「1980年　夏」と「1981年　夏」

V

戦場の悲惨

慟《どう》哭《こく》

◉二〇〇〇年度中学三年　高部　祐未

突然の爆撃。目覚めた忠治は愕然《がくぜん》とした。

――なんだ、これは……。

ただ見えたものは真っ赤な鉄の棒。しかしその瞬間、仲間の絶命の声が耳に飛び込んできた。

「グラマンだ！」

「畜生――」

そんな声が遠くで聞こえる。退船命令が船に響いた。

忠治の乗る船は兵員輸送船である。昭和一九年一二月三一日の夜、横殴りの吹雪の中小倉の港を出発した。貨物船を改造したものだがまるで奴隷船のような粗末なものである。船室といってもにわか作りの二階の床を張った物置で、着替えの肌着と洗面具を入れる信玄袋を膝に置いて、脚を抱いて背中合わせに肩を寄せ合うだけの空間しかなく、横になって寝ることもできない。

そんな状態で身動きもできない中、次々と即死者が出る。忠治の目には赤い棒が部屋の中を通っていくようにしか見えなかった。グラマンの機銃掃射《そうしゃ》だと気づいたが、機関室に爆弾投下を受けたらしく船は運行不能で傾き始めていた。退船命令がかかったので皆材木を海に落とし出した。海でつかまるためである。

「はやく船をおりろ！」

――そんなこと言ったって……。

海は一五メートルも下である。ロープをつたっておりるしかない。袖口で手のひらをカバーしながら滑り落ちた。

海面は重油がいっぱいで臭くて呼吸もできないほどだ。

――重油圏の外まで泳いで行かねば。

やっとつかんだ材木は潮流でぐるぐるまわり疲労が増すばかりである。船から投下したイカダを目がけて泳ぎ、命づなで体とイカダをつなぐと、やっと安定して南へ潮で流されていく。一月の海は歯の根も合わないほど冷たい。寒さに加え朝飯を食べていない空腹と疲労で忠治の体は限界だった。

思えば、徴兵猶予《ゆうよ》が撤廃され学徒出陣の出陣式が行われたのは忠治が東京帝国大学に入学してから一か月とたたない昭和一八年一〇月二一日であった。生きる時間の短くなったことを知った学生達は、求めることの多く残され、身に付けた物の余りにも少ないことに皆焦った。そして、大学に通いながら残り少ない時間を懸命に読み続け、自らの心を見つめる充実した生活を日常とした。陸軍は一二月一日、海軍は一二月一〇日の入隊と決まり、忠治達は最後の記念にと旧制松江高等学校の同窓会を開いた。底抜けに明るい宴《うたげ》であった。理科系には徴兵猶予があったので、長崎医大に入学した二人は必ず生き残るはずだから、後を頼むと笑いながら話し合って別れた。二人とも原爆のためこの世を去ることになるとも知らずに……。文科と理科の別れ道にこんな悲しい運命が待っているとは。戦争とは非情なものである。

「眠っちゃだめだ！」

戦友の声にハッとする。いつの間にか眠りかけていた忠治を殴って必死で起こしてくれた戦友。

——そうだ、眠っちゃいけない。空の兵が海で死んでたまるか。

時計も止まり、太陽の位置だけが正午になったことを知らせてくれる。ふと気がつくと先程忠治を起こしてくれた戦友が眠りかけている。

「だめだ。眠るな。起きろ！」

必死で起こす。眠って覚めない者は黒い胆汁《たんじゅう》を吐いて泡を吹きながら溺死《できし》してゆく。また眠りそうになる忠治を戦友が殴って起こし、忠治も戦友を殴って起こす。日が暮れるまで繰り返した。絶望という言葉が何度も頭をよぎる。

——海で逃げ場がないのに攻撃するなんて……！

忠治はグラマンを憎まずにはいられなかった。

七時頃だろうか。忠治は、真っ暗な中にサーチライトの光を見つけた。昼間の空襲をさけて、夜になってからやってきた救助船である。正に暗夜の光明であった。忠治はその光を目指して必死で泳いだ。人間とは不思議なものである。へとへとで生死の境を漂っていた忠治のどこに、まだそんな力が残っていたというのか。

甲板《かんぱん》からロープをおろされたが、上がれない。どう頑張っても水から体を出せないのだ。U字型におろしてもらったロープを肩にかけ、やっと引きあげてもらうことができた。船上では乾布摩擦《まさつ》を受け温かいミルクをおなかいっぱいもらった。毛布にくるまれていると前後不覚の睡魔がおそう。朝から晩まで生死の境を漂流した疲れのためであった。

——もう眠ってもいいんだ。

ほっとした気分になり、忠治はやっと眠ることができた。

翌朝早く、海防艦内で死んだように眠っている忠治達が叩き起こされたのは台湾の高雄港であった。重傷者はすぐにトラックで台南病院に運ばれ、健在者は堀江小学校の教室の机をベッド代わりに使うことになった。忠治は小学校で休んだ。婦人会が温かいおにぎりやイモをくれたが、それらを食べ終わる暇もなく、入院している戦友への輸血命令を受ける。

台南病院へ行ってみると、まるで魚屋のような臭いがする。傷がくさっているのだろう。包帯の上に蝿がとまっただけでも痛みを訴える戦友達。そこには、自力のない者には死しか待っていないとでもいうような雰囲気が漂っている。

――波の上にもベッドの上にも生と死の境は待っていたのだ。


一週間程たって、港に船が入りシンガポールへむかうことになった。

――今度こそ、必ずバシー海峡でやられる。助かる見込みはない。

誰もが無言のうちにそれに気づいているのか、高雄港への行進はとても歩武《ほぶ》堂々などといえたものではなかった。脚がなかなか前に進まず、ぞろぞろのろのろとした行進である。皆沈痛な表情を浮かべている。

そんな時、幸か不幸か突然米軍の大空襲が始まった。港の船は真っ先に焼かれた。忠治達は日が暮れるまで道路の溝にかくれ、やっと爆音が消えた頃に顔をあげてみると高雄の街は全滅していた。見る影もない有様である。

空襲のおかげというべきか、忠治達はシンガポールへ行けなくなり、台湾の八塊《パークワイ》飛行場に移った。アメリカの海軍が沖縄の海に集結した時に、片道燃料で特攻するのが忠治達の役目である。

昭和二〇年三月二四日の真夜中、電話で翌朝の特攻を告げられ、全員起床で整備を行った。本来二個あるべきエンジンの片方を取りはずして、代わりに五〇キロの爆弾を取り付ける。飛行場の限界すれすれのところでやっと離陸できるほどの重い機体に、帰りの燃料は積まれていない。

真新しい白いマフラーを着けて、天皇からいただいた酒を一杯とタバコを一服し、行って参りますと敬礼する若者達。彼らと彼らを見送る兵達との間に一瞬流れる共通の思いは、後から必ず行くからなという無言の送別ではなかっただろうか。見送る忠治の目にもまた、そんな思いが映っていた。

三月二五日、沖縄上陸戦のために米軍が慶良間《けらま》列島に集結してからは毎日のように戦友を見送る日々が続いた。片道燃料で帰らぬ友の旅立ちの姿を、見えなくなるまで帽子を振って成功を祈る側もまた、胸の張り裂ける思いで明けやらぬ空をいつまでも見送り続けているのである。友の旅立ちを見送る度、忠治は心の中で叫び続けた。

――戦争って何なんだよ！　生きる時間の残り少ないことを知った奴だけが持つ魂のこの乾きを天皇は知っているのか？

――出撃の寸前まで万葉集を読んでいた奴もいた。真とは何か、善とは何か、美とは何かを求め続けながら、死への時間を真剣に生きていたのではなかったか？

結局、忠治は片道燃料での特攻をすることなく、信じられない思いで終戦をむかえることになる。お国のために――と自分の生命を捨てる覚悟があっただけに、彼の心は情けない思いでいっぱいだった。そして、朝から晩まで生死の境を漂流したあの日のことを思い出す。海に消えていった多くの戦友達。自分の生命を空に捧げんと志した彼らの魂は海底の藻くずとなってしまった。そんな中で必死に考えた、生き残ったことの意味。死に直面してもなお、生きることの意味を求め続けてゆけるものだろうか。見失ってはならないもの。最後まで、なくてはならないものは何なのか。

海に消えた航空兵も、空に生命を捧げた特攻隊も、共通の思いである。純粋なものにのみ生命を捧げることのできる心理。死の直前まで、自らの生きる意味を追い続けた者。

昭和二〇年八月一五日、忠治の目に光った涙は、若い生命を空に捧げた戦友達の心の慟哭《どうこく》であったのだろうか。

〔付記〕　文章中に出てくる忠治は私の祖父です。祖父は、いわゆる神風特攻隊として、八塊飛行場から飛び立つ直前に終戦をむかえました。慶良間《けらま》列島に集結した米軍に特攻したのは祖父がいた八塊飛行場と鹿児島にある知覧《ちらん》飛行場の二か所だそうです。

知覧には、知覧航空隊特攻戦没者記念館があり、さまざまな記録が残っているのに対し、八塊は台湾という異境であったがために何ひとつ記録が残されていないことに、祖父は顔をしかめていました。

今年で七七歳になる祖父にはいつまでも元気でいてほしいです。

［たかべ・ゆみ］

〔高部祐未さんのこと――おのだ めりこ記〕

私の在任中に一学年全員の聞き書き作文集を発行できたのは、一九八五年度、二〇〇〇年度、二〇〇四年度の三回でした。二〇〇一年三月発行の「21世紀へのバトン―二三〇の戦争」の編集作業の中心を担ってくれたのが高部祐未さんです。各自が入力した原稿を、当時パソコンのできない私に代わってクラス分をまとめ、私が朱を入れると、正確に校正・編集してくれました。

この文集は発行と同時にNHKラジオや朝日新聞に紹介されて、全国から大きな反響がありました。提出順に編集された文集のトップを飾った高部さんの「慟哭」が、俳優座の矢野宣さんの目にとまり、その夏の舞台「戦争とは……二〇〇一」で朗読されたのもなつかしい思い出です。

あの夏から一四年、高部さんは現在前橋地方裁判所高崎支部判事補、そしてまもなく二児の母という大忙しの毎日です。

作文の主人公の卜部忠治さんは長く島根県議会議員を務め、九二歳の今も郷土史の講話などに精出しておられる由。今回の出版を楽しみにしてくださっています。

「私も大人になり、母となった今、『慟哭』を読み返してみて、祖父の戦争体験の重み、海で沈まずに生き延びてくれたことで、私や息子へと生命が繋がれていったことなどを改めて思い起こし、祖父に感謝の気持ちを伝えることができました」

高部祐未さんからの最新のメールです。

ボレロ——中国の前線へ

◉二〇〇〇年度中学三年　西根　和沙

昭和二二年八月。

夕焼けで赤く染まる一面の焼け野原を前に、立太郎《りゅうたろう》は茫然《ぼうぜん》と佇《たたず》んでいた。

ここはかつて東京・有楽町として栄えていたあたりである。今でこそ見知らぬバラックが立ち並び、見知らぬ人々が往来しているが、本来ならばここには喫茶店があるはずである。そう、七年前には確かにここにあった。なぜ焼け野原になっているのかなんてわかりきったことであるが、立太郎は認めたくなかった。これはきっと何かの間違いだ、そう自分に語りかけていた。

だがその直後、立太郎の耳に決定的な一言が飛び込んできた。

「ねえご存じ？　ここにあった喫茶店の一家は前のほら、あの大きな空襲のとき全滅されたんですって」

立太郎は目の前が真っ暗になった。

昭和一五年五月。

「おい、本多。電報がきたぞ」

立太郎の勤める新聞社に一通の電報が届いた。立太郎はドキッとしておそるおそる電報を開いた。

「オメシキタ
　スグカエレ
　　チチ」

それにはこう書かれていた。オメシとは召集令状のことで、ピンク色のＢ５ぐらいの大きさの紙だ。

とうとう来たぞ、と立太郎は思った。五年前、二〇歳の時に、幼い頃からの近眼と偏平足《へんぺいそく》のために補充兵とされてからずっと覚悟していたはずだった。戦争はもう始まっているのだからいつ召集されてもおかしくない、召集されたら自分は戦地に赴《おもむ》き、殺さなければ殺される世界に立たされるのだ、と。

しかし、実際に自分が戦地に行くことが分かった今、立太郎は全身から血がしたたりおちるような感覚にとらわれていた。しまいには体中がガタガタと震《ふる》えだし、とても仕事にならなかった。

だが人間の頭というものは、いくら恐怖にとらわれたとしても数時間たてばいやでも落ち着きを取り戻す。立太郎もいつの間にか冷静になっていた。そしてはっと気がついた。お別れを言わなければ、と。立太郎の家族は小樽《おたる》に住んでいるので、ここ東京で別れを告げるべきは家族ではない。なじみの喫茶店の娘さんだ。

その日の夕方。立太郎は一目散《いちもくさん》に新聞社を飛び出し、走った。目指すは有楽町、娘さんがいる喫茶店である。雨が降っていたが立太郎は傘もささず走った。

喫茶店に入ると立太郎はあっと思った。自分が別れを告げようとしていた娘さんが自分をじいっと見ているではないか。

彼女はしばし立太郎の方を見ていたが、しばらくすると立太郎なぞ見ていない、といった感じでテーブルを拭き始めた。立太郎にはなぜ彼女が目を合わせようとしないのか手に取るようにわかった。立太郎の髪型である。昨日まで立太郎は長髪だった。オールバックにしていて、彼なりのおしゃれだったのだ。それが今、どこからどう見ても坊主頭になっている。兵隊になるには坊主にしなければならなかったので娘さんと会う前に新聞社の地下にある床屋で髪を刈ってもらったのだ。自分の頭を見て、自分が兵隊になることを悟ったのだろう。ある日突然長髪の男子が坊主になる＝明日は兵隊になる。そういう世の中だった。

立太郎はなんだか無性《むしょう》にのどが渇いた。

「水」と注文すると娘さんが盆にコップに入った水をのせ、カタカタ言わせながら運んできた。テーブルに置くと立太郎の前にへたっと座り込んだ。

長い沈黙。お互いに言いたいことがあるはずなのに口に出せない。お互いをただ見つめていた。

店ではいつものようにクラシックが流れ、コーヒーの香りが漂っていた。

最初に沈黙を破ったのは娘さんだった。

「おめでとうございます」

立太郎は素直にうなずいた。

「いつ発《た》つの?」

娘さんが聞いた。

「今夜、上野、七時。今夜、上野、七時!」

低く唸るような声で二回繰り返した。もっといいようがあったのに、今の立太郎にはこの単語を言うだけで精一杯だった。

「待って!」

と叫ぶなり娘さんは二階へ駆《か》け上がっていった。

コーヒーを一口含《ふく》んで立太郎は目をつむった。

ここに最初に来たのはいつだったたっけ。確か二〇歳になって上京した日だ。その日からもう五年。五年間、暇さえあれば通って、好きなコーヒーを味わい好きな音楽を聴き、娘さんと兄妹のようにじゃれて遊んだ。娘さんにずっと伝えたいことがあった。だが今日も胸につかえて言えないだろう。この生活も今日で終わるというのに。これだけが、俺の青春の証だというのに。

立太郎は目を開けた。見慣れた喫茶店の景色が見える。なじみの客の顔。娘さんによく似たマスターの顔。ちょっと古ぼけたテーブル。この景色ともおさらばか、立太郎は思った。

ふと、店に流れる曲が変わった。

ささやくような笛の音から始まる美しい曲。立太郎のお気に入りの曲で、よくリクエストしてかけてもらっていたラヴェルの「ボレロ」だ。俺のためにかけてくれたのか、と胸が熱くなった。「ボレロ」も今日で最後なんだなぁと、目を閉じて聴き入った。

曲が終わった。するとまた「ボレロ」が流れ始めるではないか。立太郎は思わず立ち上がり、叫んだ。

「ありがとう、わかったよ。もういいよ。他のお客さんの迷惑になるから」

いつの間にか立太郎の後ろに立っていた娘さんが目をうるませて言った。

「いいの。マスターからの、ほかのお客さんからの、あなたへの贈り物です」

立太郎はたまらなくなった。とめどなくあふれる涙を歯を食いしばって必死にこらえた。

「ボレロ」はその日、結局五回流れた。曲がかかっている間中、娘さんは声を押し殺して泣いていた。

その日の七時、上野駅。東京を発つ立太郎を新聞社の仲間たちが胴上げをしてにぎやかに送った。ホームの柱の陰にあの娘さんの白い顔がのぞいていたが、とうとう別れの言葉を交《か》わすことができなかった。

立太郎は中国の前線へ行った。ときに立太郎、二五歳であった。

「あれからもう七年か……」

立太郎はつぶやいた。あたりはいつの間にか暗くなっていて、静かだった。

いつしか立太郎は中国の、あの苦しい戦場に思いを馳せながら眠ってしまった。

ある日――中国人の捕虜《ほりょ》を連れた立太郎の隊が突然弾《たま》の嵐にあった。捕虜を連れて歩ける状況ではなくなった。隊長が「放してやれ」と言うと思った。だが隊長はたった一言、「処分せい」と言った。殺せ、ということである。捕虜の周りを銃剣を持った兵で取り囲み、一人ずつ水辺のほとりに連れて行った。両手を後ろで縛《しば》ると、「えいやーっ」と銃剣を突いてひく。その役には一番若く階級の低い兵があてられた。立太郎も命令された。どこの世界に、たとえ戦争だからといって抵抗できない人を殺せる人がいるだろうか、立太郎は思った。だが、ここで命令に逆らえば敵前抗命罪でその場で殺される。殺さなければ殺される。ついに立太郎は決心した。立太郎が相手を見た瞬間、相手はにやり、という表情を見せた……。

「うわぁ！」

自分の叫び声で立太郎は目を覚ました。服が汗でびっしょり濡れていた。

中国でも、シベリアでも、どんな苦しい状況にいても、東京に帰って娘さんに自分の思いを伝えるまでは死ねない、と生き抜いてきた。

あんまりだ、立太郎はつぶやいた。かつて喫茶店があった場所に寝っ転がると、星空だけは変わっていなかった。

娘さんはもういない。そのことが初めて理解できたような気がした。

このまま死んでしまおうか、そう思った。だが立太郎はもはや自分一人の命ではないことを戦争を通して感じていた。自分のすぐそばで死んでいった戦友たち、自分が殺した罪のない中国人たち、大切な愛する人。すべての人たちの命が自分にかかっている。そんな気がした。生きることが、自分が殺した人への償いのような気もした。

「精一杯生きるよ。あなたの分まで」

そういって立太郎は喫茶店の跡を去った。

ふと、「ボレロ」の、あのささやくような笛の音が聞こえたような気がした。

〔付記〕　この作品は、本多立太郎さん（一九一四年～二〇一〇年）のお話をもとに綴りました。本多さんは語り部《べ》として自らの戦争体験を語り継ぐ活動をされていた方です。当時すでに身近に戦争体験者がいなかった私にとっては、とても衝撃的なお話だったのを覚えています。貴重な機会を頂いたことに感謝します。

［にしね・かずさ］

生きる意味 ――シベリア抑留《よくりゅう》記

◉二〇〇三年度中学三年　北澤　文

何もなかった。

目に映るのは今降りたトラックと、一面の雪だけだった。

「……ここは？」

ながらく喋《しゃべ》らなかったためか声が擦《かす》れる。ふぶいているせいで視界が悪い。目が寒さに慣れるのを待っていると博《ひろし》は「何もない」というのは嘘《うそ》だと気付いた。ぼんやりと浮かび上がってきたのは雪に埋もれてしまいそうなぼろい建物。心を暗い影がよぎる。

――こんなはずはない。

博はその状況を受け入れることができなかった。見間違《みまちが》えかもしれない。そう思って博は凍《こお》りついたまつげをしばたたいてもう一度目を凝《こ》らす。たしかにそこには人気《ひとけ》のない建物がぽつんと建っていた。

「ここは……どこだ？」

今度は震える唇をしっかりと動かし、誰にともなく問う。いや、本当は分かっている。それでも博は誰かの口から否定の言葉が出るのを祈るように待っていた。

答えたのは前にいるはずの部隊長だった。

「……シベリアのコンソモリスク……というところ……らしい」

淡々と話すその声が重い。

「……あ……あの建物は？」

部隊長は悲しそうな視線を博に投げかける。そしてあきらめたようにうなずいた。

「……港……は？」

もうこれ以上聞くな、そう言わんばかりに部隊長はゆっくりと首を横に振った。港も、日本への船も、そんなものはどこにもなかったのだ。

運命の歯車が狂ってしまったのはあの日ソ連軍の襲撃を受けたときからだ。――あの日から？　そんなことはない。そもそも戦争が始まったときから全てが狂っていた。博は「天皇も国家もみんなイカれてる……」と自虐《じぎゃく》的な笑みをうかべるのだった。

関東軍最後の甲種幹部候補生部隊として博は満州・石頭《せきとう》の地に召集され「陸の特攻隊」として教育を受けていた。日本の敗色も濃くなってきた頃にソ連軍が侵攻《しんこう》してきたという知らせを受ける。部隊は二つに分かれた。北上し、ソ連軍と正面から戦う対戦車軍と、南下し山で陣地を築く防備軍。博は防備軍にいた。疲れた体にむち打って、対銃撃用の穴を掘り続けていた。

——こんなことをして何の意味がある？

どうせ日本は負ける。誰もが思っていたであろう疑問だが口に出すのははばかられ、博は喉まで出かかった言葉を飲み込んだ。ただ掘った土が盛り上がっていくのを見ていた。

「隠れろ！」

突然すさまじい音がした。機関銃だ。空から襲撃を受けたらしい。戦友達の叫び声の間をくぐって穴にもぐりこむ。銃弾の嵐。

瞬時の判断だった。逃げ遅れた者の中で数名の〝尊い〟犠牲を出したと聞いた。対戦車軍の方は全滅したという話も聞こえる。一夜を山の中で明かした。朝になると今夜は近くの開拓団に泊まる、ということで話はまとまっていた。どこに行こうが同じことだ。博はそう思ったが、上からの命令だ。重い足を引きずり、とぼとぼと歩き始める。

どれくらい歩いただろうか。突然後ろから伝令事項らしきものが伝わる。「ソ連軍の車が後ろから来るが、抵抗するな」という。

——なんでこんなところに……？

怪訝《けげん》に思っているとすぐに伝令どおり将校を載《の》せた軽トラックのような車が部隊を追い抜いた。ロシア人が訳の分からぬ言葉で騒いでいる。——よく見ると、トラックの上に戦友の福田が載っている。ロシア語が出来ると言っていたから通訳だろう。博の視線に気付いた福田はしきりに「北澤！」と博の名前を連発していたが思えばそれが福田を見た最後だった。

開拓団は人が出ていった後と見えて空だった。広島と長崎に〝トクシュバクダン〟が落ちたらしい噂《うわさ》を耳にしたが何も感じなかった。もう戦争は終わりだな、と考えていると急に気が抜けた。再び歩き出した時には部隊の横にソ連の警備兵がいたが博は別に気にしなかった。警備兵は金目《かねめ》のものを要求したあとで軍機密のものを燃やせと命じた。燃やすことさえ億劫《おっくう》で博達はボロボロの軍隊手帳を道端に捨てた。壊れた時計を幾つも腕につけ、インクの出ない万年筆を胸ポケットにたくさん入れているソ連兵の姿がひどくこっけいだった。

沙河沿《シャーハーイエン》というところで武装解除の命令があった。ああ、もう戦わなくていいんだ。安堵《あんど》感でいっぱいになる。鉄砲や短剣が山のように積みあげられてあるのを見て、むしろ憑《つ》き物が落ちたような気になった。

日本の敗北を正式に知ったのは終戦から三日後だった。博はほっとした。単純に嬉しかった。

これでやっと、日本に帰れる。

中国とソ連の国境近く、牡丹江《ぼたん》には博たちが乗らされる予定の貨物列車が既に到着していた。

「これからどこへ行くのだろう?」

嫌《いや》な予感がして戦友に尋ねる。

「よく分からないがここから南に行ったところにウラジオストクのいう港がある。おそらくそこから日本に連れて行ってもらえるんじゃないか?」

楽観的な戦友の答えに博の期待も大きくなる。

――日本に帰ったらまず何をしよう?

博の心はそのことでいっぱいだった。貨車にぎゅうぎゅうに詰め込まれても、むき出しのトイレが側にあってもあまり気にならなかった。

夜の静けさが辺りを包んでいた。

異変に気がつくのは夜が明けてからのことで、地獄を見ることになるのはそれからまた少し後のことである。

まるで牢獄《ろうごく》みたいだ。初めのうち博はそればかりをこぼしていた。実際にここは反スターリン活動をしてシベリアに送られた人が収容されていた所という。不衛生で建物も粗末《そまつ》で、収容所の補修までが労働の一環になっている。起床は朝六時で作業開始は八時。お昼ごはん以外は一八時までぶっ続けで働く。主な労働は鉄道建設で（この鉄道が完成したら家に帰れると信じている）森林伐採《ばっさい》から道路建設、便所掃除などまで。「ノルマ」があるからたまったもんじゃない。ノルマとは決められた目標の達成をさすロシア語で、ノルマを達成すれば良好、とされる。博たちの部隊では任務遂行量による待遇の差別はそんなにないが、他の収容所ではノルマ未達成者は営倉《えいそう》刑や減糧刑などの扱いを受けているという。博は「死のラボータ」なる炭鉱の現場にはここととくらべものにならない重労働がある、という噂を思い出した。まだここはマシな方なのかもしれないな。そう思うことが彼らにとって唯一の救いだった。

労働以上に辛いのが食糧不足だった。捕虜への給与基準は国際的に協定で決まっていると噂されているが本当のところは分からない。ただ少なすぎる、これだけだ。ただでさえ少ない中、ソ連兵が先に白米などをとっていってしまうためにいくらも残らないのだ。ここ極寒《ごっかん》の地では寒さも労働も食糧も冬が最も厳しい季節だ。気温が低すぎて野菜が全く育たない。栄養不足を補うためにモミの葉を煮て出た〝エキス〟を強制的に飲まされる。ひどく不味《まず》い。雀の食べるアワ（固すぎて消化できないため煮汁を飲む）さえ貴重だ。

——人間食べようと思えば何でも食べられる。

一年目の冬、ぽつりと博がつぶやいた言葉だった。横では戦友が小さくうなずいていた。

耐え難い生活の中で戦友達と一緒に過ごす時が一番楽しい時間だった。労働が休みの日には演芸会などを開いて芝居をすることもある。誰かがおどけた調子で浪花節《なにわぶし》を歌えばともに笑い、誰かが望郷の思いを馳せているような歌を口ずさめばともに泣き……。

今までの人生の中でこれほど友をありがたく思ったことはなかった。

――運命共同体だもんな。

何度そう思ったことか。その度にいや、こいつらはそんな立派なもんじゃない、と馬鹿騒ぎをしている戦友達を見ておかしさがこみあげてくるのだった。

お彼岸の頃やお盆が近くなると誰もがみんな自分の国の自慢話を始めては懐かしむ。

「俺の先祖の墓は長野にあるんだぜ」

「墓よりおはぎが食いてぇな」

「うちのオフクロのおはぎは天下一だ」

「いや、俺んちの方が絶対うまいね」

「あーあ家のメシが食べてぇ」

「……」

故郷をしのんで何も言えなくなり沈黙だけが後に残る。

その日暮らしのような生活にあっても家族や故郷のことを忘れることはない。希望をなくせばここでは生きてはゆかれない。精根《せいこん》ともに尽《つ》きてしまうだけである。――日本に帰りたい。ひたすらそう願うしかなかった。

だが願うことすら許されなくなる残酷な運命もある。

「タッタイマ　イキヲヒキトリマシタ」

機械のような無機質な声が何度も頭を巡る。めったに来ないロシア人軍医が今日は珍しく来ていた。夕方の、医務室。戦友が死んだ。死因は栄養失調である。

「……だいぶつらかったでショウね……」

と髭《ひげ》を生やした偉そうなソ連兵が、流暢《りゅうちょう》な日本語で言った。こんな風にさせたのは誰だよ…！　という言葉を博は必死で押しとどめる。

戦友の顔は疲れきっていて安らかとは言えなかった。誰よりも強く日本に帰りたいと願っていた友。同情はいらないだろう。ねぎらいの言葉も。

「……悔しいよなぁ……」

自然にこぼれ落ちた言葉とともに、熱いものが一筋、博の頬《ほお》を伝わった。

一人の捕虜の死なんかソ連兵にとってはどうでも良いことなのだろう。代わりはいくらでもいる。戦友は前々から弱っていたため「厄介者が減った」くらいかもしれない。そう考えたら無性にやるせなかった。〝死〟が重さを感じさせない状況なんて異常だ。何のために戦友は生きてきたのか？　何のために頑張ってきたのか？　何のために――俺はこんなに身を削る思いをして働いているのだろうか。…俺は、この先を乗り切れるだろうか。

いつもどおり朝がきた。重いまぶたをこすり、体を起こす。一晩中考えても結局答えはでなかった。しかし得たものはある。戦友達とともに以前隊長に不満を爆発させた時のことを思い出していた。――「こんな食事じゃ働けない」「ノルマなんて酷《ひど》い」「労働がきつすぎる」……。そのとき隊長は傷ついたような顔をしてこう言った。「俺達は健康のために働いているんだ。ノルマなんて気にしなくていい。日本の土を踏むため、それだけに働くんだ」と。今、やっと部隊長の伝えたかったことが分かった。

何も余計なことは考えなくていい。生きて日本に帰れる保証はどこにもないが、日本に帰るまでは死ねないと博は思った。戦友の分も生きなくてはいけない。

また今日も厳しい作業が待ち構えている。博は「日本に帰るため日本に帰るため」と呪文《じゅもん》のように繰り返す。いつの間に仕度《したく》したのか戦友が宿舎の外から博を呼んでいる。

「早く来ないと営倉行きだぞ！」

ソ連兵の口真似《まね》をしているらしい。戦友がいつもと変わらないことが博には嬉しかった。

「今行く！」

博の声は決意に満ちていた。ワーリンキ（羊毛のフェルト製長靴）を履《は》いて背筋をしゃんと伸ばす。そしていつもと同じ労働現場への道を踏みしめる。

「……死んでたまるか」

雪が降っている。

先へと続く確かな未来を暗示するかのように、足跡だけがはっきりと残っていた。

〔付記〕　ここに出てくる博は私の父方の祖父です。二五歳の時に満州の地で終戦をむかえシベリアへ捕虜として抑留されました。ただただ日本に帰りたいと願うばかりの毎日で、ようやく故郷の土を踏みしめることができたのは終戦から四年後でした。
終戦＝解放でなく、そこからが本当の戦いの始まりであった兵隊さんも大勢いたということを忘れずに胸に刻みつけておこうと思いました。

［きたざわ・あや］

ジャングルの墓標

◉一九八八年度中学三年　峰沢　朝美

✤はじめに

今年もまた、終戦記念日がやってきた。母は毎年この日、大きなグラスに水と氷をいっぱい入れて仏壇に供える。そしてきまって、「あなた達は幸せね。両親がそろっていて。食べたい物をいっぱい食べられて。お母さんは五歳の時に、もうお父さんはいなかったのよ」と、言う。太平洋戦争で犠牲となった兵士が二三〇万人もいた事を夕刊で知り、私は驚いた。戦争とはなんと多くの死者を出し、大きな悲しみを残すものか。

母にとって父親の思い出は多くない。けれども父親と過ごしたわずかな月日の事や母親から聞いた話など、今も鮮明に頭に焼きついているという。押入れの奥に大切にしまってあった色あせた祖父の遺書や、戦地から届いた手紙などを出してきて見せてくれた。わずか二八歳の若さで死ななければならなかった祖父はさぞ無念だっただろう。

奇《く》しくも終戦記念日から祖父の祥月《しょうげつ》命日である八月一九日にかけてこの記を書く事になった。

✣召集令状

静岡の冬は暖かい。ことに市内は周りを山々におおわれていて北風から守られるようになっている。

昭和一八年二月。例年なら穏やかなはずの静岡の街も日増しに空襲が激しくなり、あちらこちらで身内に赤紙がきたという話でもちきりである。八千代はいつものように君枝の手を引き、買い物から戻ると、郵便受けに一通の手紙が入っているのに気付いた。

（もしや……）と思いながら手紙を出し、差し出し人を見ると〝日本国政府〟となっている。八千代の背筋に冷たいものが走った（いよいよきたのだ……）。震える手で封を切ると、紛《まぎ》れもなく夫の佐貴男《さきお》への召集令状であった。八千代は目の前がまっ暗になった。夫の会社へ大急ぎで駆けつけた。

「そうか。きたのか。早かったなあ」と、佐貴男は覚悟していたようにポツリと言った。

その夜はまんじりともせず、二人は朝まで話し合った。佐貴男は二七歳、八千代は二六歳で、まだ結婚も短く、これといった財産も蓄えもできていない。二人はこれからの生活の事から考えなくてはならなかった。子供達の寝顔を見ながら佐貴男は、

「まだこんなに小さいのになあ。帰ってきた時、俺の顔忘れているだろうなあ」と、寂しそうに言う。君枝は四歳で、次女の洋子は一歳になったばかりである。何が起ころうと、夫が帰ってくるまではこの二人の子供をしっかり守らなくてはと、八千代は思うのだった。

その頃、八千代の実家では、長男（八千代の弟）がガダルカナル島《とう》で戦死をし、八千代の母が寂しく暮らしていた。佐貴男の案で、戦地から帰るまで母に来てもらってはどうかという事になった。それには母も大賛成で、間もなく一緒に生活する事になった。召集日までの短い間に、残る家族のために防空壕《ぼうくうごう》を掘ったり、会社や親戚や知人の所に挨拶に行ったり、佐貴男は忙しくかけめぐった。

✤入隊の日

召集日は三月上旬だった。

「子供の事をくれぐれも頼むぞ。お前も健康には充分に気を付けるんだ」

「あなたこそ体に気を付けてくださいね。私達のことは心配なさらないで。母もいてくれる事だし……」

山並みの向こうに富士山がひときわ美しく見える朝だった。佐貴男は真新しい軍服に身を固め、町会の人々の万歳《ばんざい》を受けると君枝の手を引き、洋子をしっかり胸に抱いて、近所の人達に見送られ静岡の連隊に入隊した。

その夜、子供達を寝かせつけてから、何気なく夫の机の引き出しを開けてみると、佐貴男が書き置いていた八千代あての手紙が出てきた。八千代は息をのんだ。和紙に毛筆で書かれている。

《最後の言葉として八千代に申し述べ置く。今日ある事は、さだめしおまえも覚悟ありし事と思ふ。自重《じちょう》して、君枝そして洋子が立派に成長し辱《はずか》しからぬ様養育してくれ。それにつき澤山《たくさん》もないが小生在世当時の貯金、子供のために使用してくれ》

と、したためてあった。八千代は声をあげて泣いた。後から後から涙があふれてきた。

✤面会の日

佐貴男が入隊した後、八千代は子供や母を連れて三度面会する事ができた。面会日は君枝も大喜びで、朝からおおはしゃぎである。

「ねェ、お母さん、このお帳面持っていっていいでしょう。お父さんに見ていただくの」

「そうね。お父さんびっくりするわよ」

その頃、戦場の夫へ手紙を書かせたいと、八千代は君枝に字を教えていたのであった。カタカナをやっと覚えた君枝は、得意になって帳面にいろいろと書きなぐってある。

「それからネ、お父さんにお歌聞かせてあげるの」

「どんなお歌？」

「君が代よ」

八千代は母と目で笑い合った。君枝が歌う「君が代」は少々音痴《おんち》で、誰に教わったのか家族の名前を入れて歌うのがおかしかった。

♪キミエにヨウコー

　ちよにヤチヨに　サキオー

という具合だ。洋子も順調に育ち片言《かたこと》をしゃべるようになっていた。八千代は前日から母に手伝ってもらい、佐貴男の好物をあれやこれやと用意して、それらを君枝のリュックや日傘の中や腹の回りにまきつける。そうしないと、差し入れの規制があって、門の所で没収されてしまうのだ。

不格好な八千代の姿を見て、母が、「それじゃあまるで妊婦だね。今にも産まれそうなお腹だよ」と、言って笑った。

面会日の静岡連隊のある駿河《するが》城内は大にぎわいである。芝生や木の根っこやベンチに陣取った家族の小さなかたまりが、あちらこちらで話に花を咲かせている。

佐貴男が元気そうな姿でこちらにやって来るのが見える。目ざとく君枝がそれを見つけて駆け出していく。

「お父さーん」

佐貴男がかがんで君枝と何か話をしている。ひょいと君枝を抱き上げると、駆け足でこちらにやって来た。

「おっ！　みんな元気そうだな。君枝が字を覚えたんだって。どれどれ」

敷物に腰を下ろすと、洋子もオトウタン、オトウタンと言って、佐貴男にまつわりつく。ひとしきり話がすむと八千代が周囲を気にしながら腹の中の包みを出し、

「あなたの好きなおはぎ、作ってきたの」

と、小さな声でいうと、嬉しそうに、

「そうか。今日は面会あぶれが三人いるから、連れてくるよ」

と立ち上がり、キョロキョロ辺りを見渡し、遠くに三人を見つけると、大声で呼んだ。

「おーい、こっちへ来いよ」

三人が遠慮がちにこちらへやって来ると、佐貴男は風呂敷《ふろしき》で隠してあるおはぎを見せ、

「おい、食えよ」

と言いながら、三人を目立たない席へすわらせた。八千代も八千代の母もいつ戦場へ発《た》つか分からない三人を暖かくもてなした。

「峰沢は家が近くていいなあ」

「僕のところは両親が年を取っていましてねぇ。足が悪いんですよ」

と言いながら、おいしそうに食べる三人の姿を見て、八千代たちは差し入れ品を無事に持ち込むことが出来て本当に良かったなあと思うのだった。

最後の面会日となった日、佐貴男はいつになく真剣な顔つきで、

「いよいよ出発が近いと思う。行き先は南方だ。子供達を頼むぞ。俺は必ず帰って来る。元気で帰ってくるからな」

と八千代の耳元でささやいた。

「大丈夫です。あなたもどうかお体に気を付けて。無事に帰ってきてください」

と小さな声で努めて明るく応えた。

これが佐貴男と八千代夫婦の最後の会話になろうとは誰も知る事はできなかった。

✤出　征

その頃、出征《しゅっせい》兵士が戦地へ発つ時は、秘密がもれないように、目的地も出発日も知らされず

に突然に発たされ、後から家族に知らされるのがならわしだった。最後の面会日から一週間程たった雨の激しく降る朝の事だった。近所の安井さんのご主人が
「峰沢さん！　峰沢さん！」

と大きな声で戸をたたく音に家族中がびっくりして飛び起きると、

「御主人発たれたようですよ。今踏み切りの所でこれを拾ったんだけど」

と、はあはあしながらびしょびしょにぬれた紙片を届けて下さった。見ると、小石にくくりつけた一枚の葉書でインクがにじんでいたが、はっきりと、

《元気で行ってまいります。

皆様宜敷《よろし》く。

佐貴男》

と書かれていた。そして隅の方に、

（拾った方は済みませんがお届け願います）と、記されていた。

静岡駅から程近く線路を見渡せる所にある八千代の家は、汽車に乗るとよく見える。

佐貴男はみんなが寝ている間にこの前を汽車で通り、家の近くに来た時窓から落として行ったのだ。風に飛ばされないように小石をくくり付けて……。八千代は子供達を引き寄せ抱きし

めた。

間もなく軍からの知らせで、夫の軍はラバウルに上陸した事が分かった。ラバウルは、その頃壮絶な戦いが始まっていて、毎日のように新聞に報道されていた。（大変な所へ連れて行かれてしまった）と、八千代は内心不安がつのるばかりであった。

佐貴男からの便りはなかなか来なかった。便りが届いたらすぐに送ろうと、千人針《せんにんばり》を入れた慰問《いもん》袋を用意して待った。

〝武運長久《ぶうんちょうきゅう》〟を願い、出征兵士に送る千人針を、急な出征となったために夫に持たせていなかったのが気になっていた。千人針は、晒《さら》し木綿《もめん》に小筆《こふで》の先で小さな丸いハンコを赤く千個押した布と、赤い木綿糸を持ち、知人・友人を訪ねて一針ずつ結んで頂くのであるが、寅年《とらどし》生まれの人に限って年の数だけ結ぶ事ができるので、寅年生まれの人に出会うと大助かりだった。「寅は千里行って千里帰る」という縁起《えんぎ》をかついだもので、この千人針は八千代も駅や街頭でよく頼まれ、数え切れない程の結び目を作った。

戦争はますます激しくなり、静岡の街も危険地帯となった。敵機《てっき》は富士山を目印に駿河湾上空に飛来する事が多く、「敵機襲来《しゅうらい》」のサイレンが鳴ると、あっという間に「空襲警報」が発令されるため、夜も昼も用意万端《ばんたん》の身支度《みじたく》をしておかなければならなかった。

待ちに待った夫からの便りは、二か月も過ぎてからだった。日付を見ると七週間も前に出されたもので驚いたが、何より夫の元気な様子を知り、ほっとした。その後八千代あてに三通、君枝あての絵葉書が二通届いた。検閲《けんえつ》のためか、戦場での様子は書かれていない。どれも家族を案ずる事ばかりで、明るく書かれている。八千代は胸のつまる思いで読んだ（ラバウルは今、大変な苦戦のはずなのに……）。

君枝あての絵葉書にはカタカナで、

《オショウガツガ　キマシタネ。キミエモ一ツ　オオキクナリマス。ヨウコチャント　ナカヨクシテマスカ。トウサマワ　マタキミエノユメヲ　ミマシタヨ。（センチノオトウサマ　イタダキマス）ト　イッテ　タベル　キミエノスガタガ　ハッキリミエマシタ。オカアサマニコウコウシナサイ。》

と、書かれていた。

✣戦　死

配給物資も少なくなり、チケットがあっても品物にありつけない日が多くなった。街の暗いニュースの中で、八千代にとって二人の子供達が元気にすくすく育ってくれている事が、ただ一つの救いだった。

昭和一九年九月。戦争など知らないかのように庭のカンナの花が真っ赤に咲きほこっている残暑の厳しい日だった。八千代と家族にとって、忘れる事のできない最も残酷な、悲しい知らせが届いた。

《峰沢佐貴男殿

昭和一九年八月一九日　ラバウルに於《お》いて壮烈《そうれつ》な戦死をとぐ。謹《つつし》んで哀悼《あいとう》の意を表す。》

事務的に書かれた公報である。

「お母さん、た、大変よ！」

と言ったまま、柱によろけて後は声が出なかった。

（うそだ！　うそだ！　あの人は必ず帰って来ると言っていた。何かの間違いだ）八千代は心の中で叫んでいた。

母と祖母のただならない様子に、君枝は不安気《げ》に立ちすくむだけだった。五歳の君枝には、父親の死という重大な意味が分からない。ただ無性《むしょう》に涙がほおを伝わった。洋子は庭先で、佐貴男が作った木馬に乗って遊んでいた。

✤終　戦

戦争による不幸の波はこれでもかこれでもかと言うように、八千代の家庭にも押しよせた。間もなく戦火で家を消失した八千代達は、静岡の郊外にある山の中の母の実家に疎開した。

八千代は子供を母に頼んで、毎日のように買い出しに出た。

やがて、終戦を迎えた。ひまを見付けては、夫の戦友を訪ね歩いた。夫は本当に死んだのだろうか。もし死んだのなら、どんな死に方をしたのだろう。しかし訪ねる先の戦友もほとんどが戦死をしていた。残された家族たちは皆、八千代の訪問を喜んだ。同じ苦しみを持つこの遺族の人達が、まるで身内のように思えた。けれど仏壇に手を合わせ、励まし合って帰る八千代の足どりは重かった。

そんなある日、四国から夫の戦友だったという人が遠路、八千代の疎開先を訪ねてくれた。もん白蝶が春を知らせるように舞っていたから、三月頃だったと思う。佐藤さんというその人はひょろひょろと背が高く、左腕がなかった。彼は仏壇で佐貴男の写真に敬礼をした後、目に涙をいっぱいためて静かに話し始めた。

「僕が生きて帰れたなんて、自分でも信じられない事です。ラバウルはものすごい戦場だったんです。ジャングルの中を道を作りながら前進して行く。正に死の行軍でした。食べる物はほとんどなく、青いパパイヤがあれば上々で、ヘビでもトカゲでも食べられる物は何でも食べました。夜は蚊や蠍《さそり》の襲撃を受けて安眠などできたものではありません。我々はふらふらになって、それでも火砲をかついで前進して行くのです。病兵が次々増えていく。栄養失調でバタバタ倒れていくのです。峰沢君も僕も、初めは地下要塞《ようさい》で倒れた戦友達を看病していたんです。

それが……」

ここまで一気に話し終えると、佐藤は大きく息を吐《は》いた。自分の周りに集まって、くいいる様に聞いている家族の顔をゆっくり見渡し、これから先の話をするのが忍びないという顔をした。八千代はせきこむ様に聞いた。

「それで夫は？　夫はどうなったんでしょうか？」

佐藤はやや間を置くと、また話し始めた。

「峰沢君はマラリアにかかってしまったんです。マラリアが蔓延《まんえん》していましてね。高熱が五日も続いたんです。薬もありませんし、どうにもなりませんでした。申し訳ありません。僕が薬の空きビンになんとか水を集めてきて飲ませると嬉しそうでした。家族をよろしく、というのが最後の言葉でした」

佐藤は話し終えるとうつむいた。涙がポタポタとひざに落ちていた。部屋の中がシーンと静まり返っている。佐藤は仏壇に線香を上げ、手を合わせると、

「峰沢はいい奴だった。僕はいろいろ世話になりました。奥さんどうか強く生きてください」と言った。そして、自分の左腕は敵の落としていった不発弾の暴発で飛ばされてしまったと話した。帰り際に君枝の頭をなでながら、

「もうすぐ学校に上がるんだね。がんばるんだよ」

と、優しく言った。そして、はっと思いついたように、
「峰沢君は要塞《ようさい》の近くのジャングルに埋めました。小さな丸太を削って墓標《ぼひょう》を立ててきました」
と言うと
「それでは」
と、兵士の時の挨拶の仕方が身についている様に姿勢を正し、きりっと敬礼をして立ち去った。佐藤の姿が見えなくなるまで、八千代達はいつまでもいつまでも見送った。佐藤に心から感謝した。死に際《ぎわ》の夫に水を与え、片手で墓標を立ててくれた戦友の優しさが、涙が出るほど嬉しかった。
その夜、夫はもう帰って来ないという事実を、怖い程の寂しさの中でかみしめた。だが、もう泣かなかった。（しっかりしなくては。いつまでも泣いてはいられない。苦労はこれからではないか。頑張ろう、子供達に夢をかけて……。あなた、いつまでも見守っていてくださいね）
と、新たな決意をするのだった。

✤遺　骨

疎開地から戻ると、八千代たちは市内の海の近くにある遺族寮に入った。ここはもと軍事工

場の社員寮になっていた所で、一二畳程の部屋が二階を合わせて三十部屋位あり、これと全く同じ建物が道路の両側に五棟ずつ並んでいる。まさに戦争被災者だけの町といった感じで、誰が名付けたのか、ささやかな希望を託して〝曙町《あけぼのちょう》〟と呼んでいた。住人は家族の誰かを戦争で亡くしたり、家を焼かれた人達ばかりだ。みんな悲しみをかかえていた。だから、互いにいたわり合い、優しかった。八千代達はここでの生活の中で本当の人の情を知り、生きる強さや励みを得たのであった。

ここで君枝は小学校に入学し、洋子は保育園に入園した。世の中がほんの少し落ち着きを取り戻した昭和二一年の秋、八千代のもとへ遺骨受け渡しの通知が届いた。

《今般故峰沢佐貴男殿の御英霊《えいれい》が御帰還になりました。法要《ほうよう》の上靖国《やすくに》神社に御安置してあります。静岡市内に戻られる御遺骨を代表の御遺族がお迎えに行き、改めて市で法要を相営みたくお知らせせします。つきましては峰沢君枝さんに遺児代表として御上京頂きたく……》

八千代は驚いた（君枝が遺児代表で東京へ……。大丈夫だろうか）。夫の骨はジャングルに埋められている。骨なんか戻るはずがない。魂《たましい》だけが帰ってくるというのだろうか。君枝に話すと、

「行く！　私、お父さんを連れてくる」

と言う。八千代は決心をした。大急ぎで着物をほどき、その日のために君枝のセーラー服を作っ

た。

当日は一番列車に乗るために君枝は暗いうちに起き、八千代につきそわれて静岡駅に行った。駅は大勢の見送り人でごった返していた。大人の代表の遺族に混ざって、子供は君枝と同じ年位の男の子の二人だった。君枝は心細そうにしていたが、汽車が動き出すと八千代にニコッと笑ってみせた。

「お行儀よくするんですよ。おじさん達のおっしゃる事をよく聞いてね」

心配そうな八千代に中年の男が窓越しに、

「僕達がついていますから、御安心ください」と言った。汽車の速度が増すと、君枝は旅行にでも出かけるように明るく手をふった。

君枝達は靖国神社での法要の後、遺骨を受け取り、その足で早々に引き返し、静岡に着いたらすぐ市役所の仮斎場《さいじょう》に向かい、その日の夜、今度は市の法要に参列するという、強行な日程であった。八千代は一日中心配で落ち着かなかった。

夕方、静岡駅前は白黒の幕が張られ、たくさんの花で飾られていた。遺骨を迎える人が再びごった返している。八千代は母の喪服《もふく》を借りて、親戚の人達と待っていた。

やがて列車の到着を知らせる様に、ラッパの音が響くと、駅前一帯はしんと静まった。役所の人にかかえられ、白布におおわれた遺骨が次々と下りてくる。その度ごとに人々は深く頭を下げる。その後に続いて、遺族の代表がそれぞれ首から白い布をかけ、遺骨を抱いて静かに歩いて来る。

八千代はすぐ君枝を見つけた。一番先頭を歩いて来るのが君枝と男の子だ。同じ様に白い布を首にかけ、小さな手で遺骨を胸にしっかりと抱いている。なんと痛々しい姿だろう（あなた、お帰りなさい。君枝の胸に抱かれて……。辛かったでしょう。やっと帰って来られましたね）。八千代は遺骨に向って語りかけていた。君枝は八千代達に気づかずそのまま前を通り過ぎた。

遺骨の列は駅から十分程の所にある市役所の仮斎場までゆっくり行進して行く。悲しい行進である。八千代達もその後に続く。沿道の人達が深く頭を下げる。ハンカチを顔に当てて泣いている。みんな二人の子供に目を注ぐ。男も女も泣いている。復員姿の兵士が最敬礼をしている。道端に座り込んで泣いている老人がいる。その前を静かに静かに進んで行く。

辺りはもう薄暗く、夜のとばりが下りようとしていた。

✤終わりに

創作というより、記録文になったと思う。文中の君枝が母で、母の話を聞きながらほぼ忠実にまとめ、遺書や手紙は祖父が残したものをそのまま使った。

八千代はその後、君枝が六年生の時に過労がもとで亡くなり、君枝と洋子は幸いにしてまだ元気だった祖母（私の曾《そう》祖母）ぎんの手によって育てられた。

私は今、祖父が汽車の窓から落としていったという葉書をしみじみと見ている。小石をくくりつけてあった穴が寂しくあいている、インクのにじんでいる葉書。

〝戦争は二度としてはいけないよ〟と、まるで祖父の叫びが聞こえてくるようである。

［みねさわ・あさみ／現姓・宮川朝美］

Ⅵ 敗戦

南へ

◉二〇〇三年度中学三年　徳島　えりか

北朝鮮と中国の国境近くの町、新義州《シンイチュ》。鴨緑江《オウリョクコウ》は大河であるが、冬になると底まで凍ってしまう。極寒《ごっかん》の地だ。

昭和一四年、新年の騒ぎも少し収まりを見せ始めた一月三日。一人の少女が生まれた。名前は錦織祥子《さちこ》。

祥子の両親は二人とも日本人だ。その当時日本政府は大陸への移住を人々に奨《すす》めていた。祥子の両親も祥子が生まれる五、六年前に大陸への憧れを胸にこの新義州に移ったのであった。祥子の暮らしは比較的安定していた。食べ物にも困ることなく、貴美子という名の妹も生まれ、家族四人幸せな生活を送っていた。

だがそれは長くは続かなかったのである。

昭和一九年に末の弟、寛治が生まれた直後、父敏一に赤紙が来たのだ。内地に旅立つ父を見送り、一家の大黒柱を失った祥子たちは、近所に住んでいた母の妹一家と協力し合って生きていくしかなかった。妹の夫もすでに内地に旅立っており、お互いに心細さを抱えながら支えあって暮らしていた。

しかし、この頃から食べ物が不足し始めた。内地の都市部と異なり、新義州では空襲などは無かったが、元々米の生産には適さない北緯四〇度という緯度の高さ。土も悪く、農業の効率は決して良いとは言えなかった。

それでも父の無事を祈りながら幼い妹と弟と遊んで過ごす祥子の毎日は、内地の人々とは比べ物にならないほど安穏《あんのん》としていたのだ。

昭和二〇年になり日本敗戦の匂いが色濃くなってくると、新義州に住む日本人の間で噂が流れだした。

「ソ連軍が侵入してくるかもしれない。すでに国境付近に駐留し、時機を窺《うかが》っているらしい」

幼い祥子たちには噂の意味は分からなくても、大人達が不安そうにしているのは伝わってくる。わけのわからない恐怖が祥子を包んだ。

そんなある日。家の中でお気に入りの人形の髪を結《ゆ》って遊んでいた祥子に、ドカドカという足音が聞こえてきた。扉が激しくノックされた。母が恐る恐る開けると、明らかに日本人ではない五人組が部屋の中まで入り込み、祥子たちの手をつかんで家の外へとひきずりだした。

「待って！　私のお人形――」

昭和二〇年八月一五日。たった一日の間に祥子たちの生活は激変した。これまで住んでいた日本人用の広い社宅から、現地雇用の朝鮮人たちの手によって朝鮮人労働者用の狭い社宅に押し込められてしまったのだ。もちろん、持っていた私財は全て没収。父が内地に行く前に買ってくれた祥子の大切な人形も、家財道具一切も没収されてしまった。祥子も、幼い貴美子や寛治も、母のユキエまで泣いた。しかしどうする事もできなかった。祥子が小学一年生の夏のことだった。

朝鮮半島は南北を分断されて占領されたが、祥子たちのいた北に位置する新義州と違い、アメリカが占領していた南では日本への引き揚げ船が日に何便も運航されていた。この話を耳にしたユキエは「南まで行くしかない」と心に決めた。

ユキエは妹のハルエに、子どもたちを連れて南に向かう計画を告げた。ハルエは驚いて言った。

「冗談でしょ！　男手《おとこで》無しに、女二人で子ども四人もつれて、行ける訳ないじゃない」

「そんなことない。絶対大丈夫。南に行って、日本に帰りましょう……」

姉の涙ながらの説得にハルエも負け、旅立つ事を決めた。

南へは三百キロに及ぶ道のりだ。途中でソビエト連邦軍や朝鮮義勇軍《ぎゆう》の兵士に発見されたら、どんな目にあわされるか分からない。逃避行《とうひこう》は貨車にまぎれこんでの南下と徒歩の併用となった。

寛治はユキエにおぶわれ、祥子たち三人は手をつないではぐれないようにした。夜、草むらで寝ていても話し声が聞こえたりすると起こされやぶの中に逃げ込んだ。食物は物々交換しかなかった。着ている物を少しずつ売りながら、新義州を発《た》ってから二五日目の昼、ついに三八度線を超えアメリカ軍占領下に祥子たちは入った。

今で言う難民収容所のような所に入れられた祥子たちは、そこで久しぶりに落ち着いてゆっくりと睡眠をとることが出来た。翌朝六人が目覚めた時には日はすっかり高くなっていた。

何日かそこで休息した後、祥子たちは釜山《プサン》から日本行きの船に乗ることができた。朝鮮は、祥子にとっては生まれた場所。そこを離れると思うと何だか泣けてきてしょうがなかった。

「どうして泣くの、さっちゃん。やっとあなたの本当の故郷、日本に帰れるのよ」

ハルエおばさんにそう言われ、あわてて涙をぬぐった。

船に揺られること数時間、甲板《かんぱん》にいる人たちから「うわぁ」という歓声がわきおこった。何事かと、祥子が寛治を抱いてよろよろと甲板に出ると、そこには緑の大地が見えていた。

「祥子、日本よ」

あの強い母が泣いている。祥子も泣きそうになったが寛治に、

「ヒロくん、日本だよ」

そう言って、幼い弟が分かるはずも無いのに喜んでいるのを見て、祥子も自然と笑みが浮かんできた。

ところが、祥子たちの船はもう少しで博多《はかた》湾上陸という所でなぜか急に止まってしまった。陸がもう間近なのに、船から下りることのできないもどかしさ。こう着状態が続いた。

船が止まってから二日たった朝、船は突如ガクンと動き始めた。陸が、日本が、近づいてくる。祥子は興奮を抑えきれず、下船許可がおりると、真っ先に階段を下りていった。はじめて踏む日本の地。足から伝わってくる暖かさが嬉しかった。

そこに軍人らしき人が、

「今下船した子ども達はこちらに来るように！」

と大声で呼びかけた。祥子たちが行くと、細いパイプ状のものから白い粉が放射状に出てきて、頭上からたっぷり振りかけられてしまった。しらみ退治の殺虫剤だったらしい。真っ白になった服を払いながら母の元に行くと、母は祥子たちを抱きしめて言った。

「今お父さんの知り合いがね、お父さんはケガをしているけど無事だって。出雲《いずも》の家に帰っ

ているって。私達も、早く帰りましょうね」
ハルエたちと別れ、一路出雲へと急いだ。久々に会う父。敏一はケガをしていたものの、表情は晴れやかで温かだった。笑顔の父を見ると今までの旅の苦難が次々に思い出されて、ついに祥子は泣き出してしまった。涙でぐちゃぐちゃになった顔を皆で寄せ合い、全員が無事に帰れた喜びをわかちあった。

こうして錦織家は家族を一人も欠く事無く、戦争の苦しい時代を乗り切ったのであった。ユキエの「日本に帰る！」という決断力と勇気、そして強い意志が子ども達を守り支えたのである。

〔付記〕 ユキエは私の曾祖母、そして祥子は私の祖母だ。彼女達の命のリレーの先に今現在この私がいる。
あの困難な時代を乗り切った当時の女性達の強さがあってこそ、今の私が存在しているのだと言えよう。

［とくしま・えりか］

満州にて

◉一九八五年度中学三年　関根　知子

昭和二〇年八月八日、新京《しんきょう》の空に初めて空襲警報が鳴りひびいた。きよのは、生まれて間もない和子を三角巾で首からつって、右手にふろしき包み、背中にリュックを背負って皆の列に入った。ソ連軍から逃れるため、少しでも内地の近くへと無蓋車《むがい》にゆられ、皆ではげまし合って行った。

朝鮮との国境の近くの安東《あんとん》で二か月生活し、やっとの思いで再び新京へ戻ることができたのは、一〇月の半ばだった。

思えば運がよかった。わかれわかれになっていた夫とも会えて、きよのは新京の満鉄（南満州鉄道株式会社・夫の会社）の社宅に戻ることができたのだ。それからは、一軒に三家族が住む、という生活が始まった。矢内さんのところは五人家族だが、木村さんは三人いた子供を亡くし、いつも放心したように部屋のすみに座っていた。

✤木村雪子さんのこと

雪子は夫のいる牡丹江《ぼたんこう》へ三人の子供たちを連れて行く途中、ソ連軍参戦のニュースを聞いた。

「泣く子は殺せ！　ロシア兵に見つかったら全滅だぞ」

男が押し殺した声で怒鳴った。子供たちは恐怖と飢えで、一人泣くと連鎖反応のように泣き出す。子供を連れている母親たちは、声を出させないように口をおさえ、なだめ、必死に抱きしめていた。汽車の中は緊張がみなぎっていた。

どこかで子供の泣き声がした。何人かの男が近寄っていく気配《けはい》。それにすがる母親。子供の声がぱったりと聞こえなくなった。まわりの人たちはどうすることもできず、ただ耳をふさいで泣いているだけだった。

四歳、三歳、二歳の年子の三人の子供を連れた雪子は身も凍る思いだった。そのとき、二歳の里子がまだ舌の回らぬ口で、

「お母ちゃん、お水……」

他の二人の子供たちも、さっきからがまんしていたのだ。わずかに残っていた水筒の水を与えたが、渇《かわ》きは少しもおさまらなかった。「お水、お水」泣いて欲しがる子供たちをなんとかしてなだめようとしても、泣き声は大きくなる一方だった。気が付くと、男たちがすぐそばに

いた。

悪夢のようなあの日以来、一人ぼっちになった雪子は、焦点の定まらないまなざしで、いつも何かを探しているようだった。

✤弾にあたった良子ちゃんのこと

新京では、国民党軍と八路軍（共産党軍）の市街戦があちこちでおこった。同じ中国人同士とは思えないような激しさであった。すぐ家のそばまで弾が飛んでくるので、窓はしめきり、板を重ねてくぎうちした。市街戦が始まると、外へ出たり、外をのぞいたりすることは、すべて禁止された。

きよののとなりの社宅にいる一〇歳の良子は、お父さんとお母さんから、絶対にのぞいてはいけないと止められていた。が、二階の窓の、板をあてていないところをそろそろと開けて、そーっと外をのぞいた。物かげから男たちが銃をかまえて撃っている様子が手にとるようにわかった。一人の男が倒れると、味方の男がはうようにして助けにいく。弾がどんどん降ってくる中を、傷つきながら背負ってつれていく。その時、

「ズダーン！」

銃声とともに良子は倒れた。それた弾が良子にあたったのだ。

幸い一命はとりとめたが、肩には大きな傷跡が残った。良子だけではなく、流れ弾にあたって傷ついたり、亡くなったりした人たちが何人もいたそうだ。

✤着物を売りにいったこと

新京での生活は大変だった。満鉄が八月一五日に解散されてしまったので夫の定職もなく、きよのは日本から持ってきた着物や宝石を満州人街で売って生活費にあてた。特に着物やショールは満州人たちに好まれた。ある日、きよのは、一番のお気に入りだったショールを腕にかけて満州人街へ持っていった。このショールには思い出がいっぱいあった。結婚するときに母といっしょに買ったものだった。大切にしていたので、ほとんど身につけたことがなかった。できるなら、きよのの気に入った人に買ってもらいたかった。何人かの満州人がやってきて売ってくれないかと言ったが、まだ手離さなかった。

大通りにさしかかったところで、マーチョ（馬車）にのったソ連の将校が、奥さんらしい女性と何かしゃべりながら通り過ぎようとした。きよのの姿を見た奥さんが、何か将校に耳うちする。マーチョがとまった。将校は威嚇《いかく》するような足どりで、肩をいからせながらきよののそばへ来るなり、きよのの腕にかけてあったピンクのショールをさっとわしづかみにして、持っていってしまった。何か言ってはいたが、きよのにはそれがなんだかわからなかった。ショールはそのソ連人の妻にわたされ、早速肩にかけられた。そして、何ごともなかったようにマーチョは動き出した。きよのは敗者の口惜しさを味わいながら、遠ざかって行く二人をいつまでも見つめていた。

✤内地へ

敗戦後一年たち、昭和二一年七月二五日、きよのたちにやっと日本へ引きあげる命令が下った。一日千秋の思いで待っていた日がとうとうやってきたのだ。何度もぬか喜びをさせられたが、今度こそ故郷へ帰れる……。小さな子供のいる家庭で、夏には弱いが冬には強い、という人たちは冬まで帰るのを延ばした。手には持てるだけの荷物を持って、また、無蓋車《むがい》での旅が始まった。きよのは汽車の床にリュックを置き、その上に座って、一歳になったばかりの和子を抱いたまま寝る。雨の降った時は大変だった。男たちは無蓋車の下にもぐり、寝る。女や子供は傘をさして雨をしのぐ。そんな時のおむつはなかなか乾かない。湿ったものを身体にかけて体温で乾かした。

水も不足し、油の浮いた水を飲んでお腹をこわす子供たちもたくさんいた。だんだんやせ細り、力なく死んでいく幼い子供。もう二度と来ることができないであろうこの地に、親たちは小さなお墓を作って埋めた。

た。

「和子ちゃんは大丈夫?」

隣組《となりぐみ》の人たちが小さい和子を気づかって声をかける。和子もやせ細ってはいたが、元気であった。

九月初旬、きよのたちをのせた船は、博多《はかた》港に着いた。しかし、乗船者にチフスの疑いがあるというので、一週間も船にとどまっていなければならなかった。

九月一〇日、きよのたちは故郷の土を踏んだ。廃墟《はいきょ》の中を皆無事だろうか。実家は焼けてしまっただろうか。数えきれない不安が残っていたが、とにかく内地に着いたという安堵がこみあげてきて、涙がほおを伝って止まらなかった。

〔付記〕 私の母は終戦の年に満州で生まれました。内地に引きあげた時は、まだ一歳だったので、当時の異常な体験や祖父母の苦労は何一つ覚えていません。今では想像もつかない当時の状況の中で、よく家族揃って生きて帰ってきたものだと思います。

文中の和子が私の母です。

〔せきね・ともこ/現姓・佐藤知子〕

送り火

◉一九八〇年度中学三年　村山　貴子

盂蘭《うら》盆の送り火は垂れ下がった雨雲の下で小さく燃え、白い煙は百日紅《さるすべり》の枝をすり抜けて暗い空に消えていった。

私の家は故郷が津軽《つがる》なので、父も母も毎年東北の行事をそのままに受け継いでいる。今年は弘前《ひろさき》から祖母が来ているので、あたかも津軽のお盆《ぼん》が引っ越して来たような故郷の行事になった。先祖の霊《れい》を迎える迎え火には家族中の顔も出そろった。門口に縁台を出し、枝につるした盆燈ろうの下には先祖を迎える御馳走が蓮《はす》の葉に盛られ、きゅうりとなすの牛や馬もその両側に飾られた。きゅうりにつけた割箸《わりばし》の足の長さによってキリンになったり、なすの牛がブタになったりして、笑い騒ぎながら作るのも私のお盆の楽しみの一つである。

迎え火から始まるお盆には、燃え上がる炎を囲んで花火をしたり縁台《えんだい》でとうもろこしを食べながら、父母の昔語りや思い出話を聞くのが毎年の慣《なら》わしになっている。今年は七五歳の祖母も仲間入りしている。

迎え火から一週間も経った送り火は、父や母の話題もつきて言葉少なくなっていた。先祖の霊を乗せて帰るというきゅうりやなすの牛馬もしぼみ衰えて、盆燈ろうのほのかな明りの下で私達に別れを告げていた。

――サヨウナラ来年又来てね――さびしい送り火は霧雨の中でますます勢いを落としていた。

「三上のアバチャも今年は新盆《にいぼん》でせェー」縁台からよろけながら立ち上がって、送り火に別れを言うように小さな木クズを炎の上にそっと置く祖母を助けながら、私は赤い炎の中で銀色に光る祖母の白髪を見ていた。


昭和一九年三月。津軽の春は、まだ一面が雪に埋れ、防空壕《ごう》に通じる道だけはもぐら道のようにくねくねと続いていた時代である。しかし春の光は、南の津軽平野からリンゴの枝々をくぐり抜けて岩木山《いわきさん》の中腹まで斜めにさし込んでいた。北国の遅い春でも三月の光は町の屋根々々のザラメ雪を溶かし、防空壕の雪山を少しずつ小さくしていた。

「英霊《えいれい》が帰って来られるどォ。三上の英霊がもう到着するガラ皆さん早グ出迎えて下さい」

メガホンの大声は綿帽子《わたぼうし》をかぶった屋根をこえて町内をかけまわった。私は大急ぎで継《つ》ぎの当たった絣《かす》りの銃後服を脱ぎ捨てて、こざっぱりしたセル地の、これも父の古着を更生したモンペの上下に手早く着替えをしていた。せめて喪章《もしょう》だけでも、と母の喪服帯の端で作ったリボンを腕に巻きつけ、ささやかな心支度《したく》をした時、大きな音をたてて屋根雪が滑り落ちた。春の音である。

袖の長い晴れ着も喪服もほとんど食糧に替えてその日その日を暮らしていた頃である。母が娘の為に揃えた花嫁衣装や喪服等は、農家の蔵に疎開したまま一枚ずつ米や馬鈴《ばれい》しょに変わってその日の食べ物になっていった。カボチャの茎《くき》や馬鈴しょの入ったゆるいおかゆを切ない思いで食べながらも、誰もがその事には触れないで黙々として腹をみたしていた。

「欲しがりません、勝つまでは」「ぜい沢は敵だ」「鬼畜米英《きちくべいえい》撃《う》ちてし止《や》まむ」……日本国中の町角に掲げられた標語ポスターを信じて生きていた時代である。

英霊の帰ってくる雪溶け道は、両側の家々の軒先まで雪が積まれ、道路を広く開けていた。町内の班長が国防色《こくぼうしょく》（カーキ色）の国民服で威儀《いぎ》をただし、役員がそれに連なり、私達はその後に並んで立った。一人息子を特攻隊《とっこうたい》で失った三上のアバチャは班長や役員の前に黒い銃後服で、小さな肩をすぼめてうなだれていた。

北国の春は立っている私の背中にも、この痛々しい老母の悲しみと一緒になって冷え冷えと伝わった。間もなく市長を先頭にして英霊の一行が長い行列で、深く頭を下げた私達の前をしめやかな足音で通り過ぎていった。物々《ものもの》しい花輪と供え物の行列がぞろぞろとその後に続いた。三上のアバチャの家の前から町内中に花輪が飾られた。半年を白一色の銀世界に住み慣れた人々の目には、この葬儀の花々はどれも白い花吹雪《ふぶき》の様に映り、雪女からの贈り物のように異様な物に見えていた。

市長の手から老母に遺骨が手渡される時をわたしは恐れていた。見まいと眼をそらして、雪女の贈り物なら消えてしまえとばかりに花輪をにらんでいた。

「返してけれェー、清を返してけれェー」

悲痛な泣き声は重く冷たい屋根の軒先をふるわせ響いた。涙声から叫びになってアバチャは白髪を振り、雪路に座りこみ市長の脚にしがみついて号泣した。

「花輪も供え物も持って帰ってけれ。なんも入っていねえ、こした、ただの箱なんぞ、わだっきゃ欲しぐね。きよしと同じ生きたアンコ（長男）を返してけれ……」

濡れた雪どけ道に、這《は》いつくばって泣いたのである。

一同は、かたずをのんで立ちつくした。役員の二、三人がアバチャを抱き起こし、班長が代わりに遺骨《いこつ》をおしいただいた。抱えるようにして役員達がアバチャを家の中に連れて入り、戸を堅く閉めたが、なおその戸の内からうめくような泣き声がもれて来て、いつまでも続いていた。班長が捧げ持った白い遺骨は、型通り市長によって受け渡しの儀式が進められた。英霊とか軍神《ぐんしん》とか戦死者をほめたたえる言葉が市長の挨拶を華々しく飾ったが、閉じた戸口からもれてくる老母の悲しみとうめき声だけが参列者の耳にしみこんでいた。

儀式が終わりかける頃からぼたん雪が舞い始めた。花びらのようにうすい雪は黙々と帰ってゆく参加者の肩や頬《ほお》にとまり濡らしていた。私はぼたん雪を顔で受けとめて雪路を歩いた。

物々しい形式張った葬儀から一〇日ばかりして、母が恐る恐る三上のアバチャを訪ねた。あまりの痛々しさに母はあの日以来、足を遠くしていたのである。

薄暗い家の中は線香《せんこう》の匂いがたちこめ誰も居なかった。母は裏の畑に回った。

「木戸《きど》を開けた所で足が前に出なくなった」

母はそう言って帰って来た。まだ雪の残った畑にしゃがんで鎌で土をほじくりながら、ただ泣きじゃくって泥の手で涙を拭いていたという。

「大和撫子《やまとなでしこ》の鏡、軍神の母よ、国の華《はな》よ」

限りない賛辞も三上のアバチャの耳には届かない。

——沖縄の上空で特攻隊として海に突っ込んでいった勇気ある一人息子の骨は還るすべもない。遺骨の中味は一枚の紙きれだったとも言う。

戦争末期のこの頃は国民全部が竹やりを持って、上陸してくるアメリカ兵を迎え撃つ演習をしていたのである。英霊となった息子を迎える神国の母は涙を見せず、取り乱さず威儀を正すのが女のたしなみとされた時代である。

隣り町にも同じ頃英霊が還った。「燃ゆる大空」の勇士として新聞やラジオで有名になった小杉兵曹長《へいそうちょう》の英霊であった。この軍国の母は終始涙一つ見せず、さすが軍神の母よとほめたたえられた。地方の新聞は写真入りで書きたてた。しかし真夜中に仏前に小さく肩をふるわせて忍び泣いていると近所の人々は密《ひそ》かに囁《ささや》いていた。

畑で泥手で拭く涙も、真夜中忍び泣く涙も同じく母親の涙であった。強制された時代には涙の自由もなかったのである。

――三上のアバチャのあの泣き叫びは戦争への怒りではなかっただろうか。耳について離れない泣き声は日本中の女達の、何もかも強引にもぎとられた怒りの声だったのかも知れない。三三五年たった今でも耳からはなれない、と祖母と母の話は送り火の消えた後まで続いた。三上のアバチャが八九歳で死んだと先月の初め、祖母の友達から電話で知らされていた。――迷子《まいご》になった小さい私の手をひいて連れてきてくれたおばさんには、そんな事があったのか――。

「アバチャや、来年も兄サマと二人で又ここの家サ帰って来シなが――」

迎え火をする人もない英霊と老母に母は津軽方言で声をかけながら、送り火の燃えがらに水をかけていた。

［むらやま・たかこ］

夕陽に捧げし歌

◉一九八〇年度中学三年　奈須　恵子

瀋陽《しんよう》。中国では現在〝沈阳〟と綴る。その名にあるように、夕陽の美しい街である。

大陸の烈風が吹き始めようとしている晩秋の奉天《ほうてん》大広場。かつては、夕暮れになると、その巨大な影を広場に横たわらせていた〝日露戦争記念碑〟も、ただの瓦礫《がれき》の山となり果てている。

一九四五年一一月。一台のトラックが円形の大広場を回りかけたところで止まって、中から二人の日本人が降ろされた。大きな荷物を背負って。

ブルルル……。トラックがエンジンを再びかけた時、荷台に乗っていた一人の兵隊が腰をかがめながら手を振った。

「ダスヴィダーニャ（また会おう）」

という声を残し、そのソ連兵はトラックが広場を抜けるまで、微笑《ほほえ》みながら手を振っていた。

広場にポツンと残された二人の男はしばらくの間、手を振っていたが、やがて手を静かにおろした。

それまで感じることのなかった精神の疲労が、紐《ひも》を解かれたように溢《あふ》れてくるのを二人は感じていた。長い沈黙が続いた。

「急いで家に帰りましょう。みんなさぞかし心配しているでしょうから……」

背中の荷物を背負い直すと、二人は歩き始めた。交わす言葉は少なかった。疲れていただけではない。互いに混乱した頭と心の中を整えるのに一生懸命だったのだ。

二人とも四〇を越えたような風貌《ふうぼう》であったが、野坂敏次は一方の寺島より老けて見えた。実際は寺島の方が年齢は上で、敏次は四〇初めである。しかし、頭には白髪が目立ち、痩《や》せぎすであったため、実際の年齢より五、六歳上に見られていた。

野坂敏次が妻と娘二人を残して家を出てきたのは、ちょうど一か月前のことだった。その時は一日で帰れるものと信じて疑わなかった。奉天を占領していたソ連軍から、町中に指令が出され、少しでも兵役にあった者は平安広場に集まれ、というのである。一日で帰してやる、という条件つきであった。この条件が偽りであったことは言うまでもない。広場に集まった者を待ち受けていたのは、〝取り調べ〟と〝シベリア送り〟であった。危険を感じた者は行かなけ

ればそれで済んだのである。だが、敏次は、

「平気だよ。一日だっていうから大丈夫さ」

と、妻のふみが止めるのを聞かずに出て行ったのだ。敏次はそういう男であった。彼がそれだけのん気なことを言ったのには、もう一つ理由があった。敏次はハルビン学院という学校でロシア語を学んでいたのである。敗戦後、ソ連軍がやって来るというので、書棚の隅に追いやられていたロシア語の辞書を読み返していた、そんな矢先であった。何とかなるさ、という軽い気持ちで出て行ったのだ。

平安広場に着いた頃には、もうすでに周りの物がよく見えない程の暗さになっていた。二百人はいるだろう、と敏次はざっと数えてみた。人の顔を見分けるのも困難である。ちょうどその時、どこからともなく規則正しい足音が聞こえてきた。その音は、確実に広場を取り囲んでいった。不気味だった。遠い足音ではない。忍び足の、そろりそろりという雰囲気だ……。いつの間にか、そばに拳銃を持った兵隊が立っていた。

「やっぱり、ふみの言うことを聞くべきだったんだ……」

敏次は心の中で叫んだ。だが、時すでに遅し、後の祭り、である。

急に視界がひらけ、明るくなった。行く道の方角からおそらく北陵《ほくりょう》（現在の瀋陽市にある、

清《しん》の太祖ヌルハチとその子の代までの宮殿）だと想像していたが、やはりその通りだったことを

...敏次は確認した。そこは、彼が二、三度家族を連れて訪れたことのある、北陵の前に続く広場であった。

心を落ち着かせてまわりを見回すと、見慣れた顔がほとんどいないことに気づいた。ようやく見つけたのは、満鉄（南満州鉄道株式会社）、そしてハルビン学院での先輩でもある寺島だけである。兵隊達が上官に呼ばれ、持ち場から離れたすきに、硬直状態にあった列は崩れ始めて、いたる所で押しつぶしたヒソヒソ話の波が伝わっていった。敏次と寺島も互いに小走りに歩み寄り話し始めようとした途端、ざわめきを制する声が広場中に反響した。上官の横に立った一人の兵士が、

「誰かロシア語を話せる者はいないか？　いたら速やかに申し出よ！」

と、太い声を張りあげた。ざわめきは前より一層大きくなっていった。

「何て言ったんだ？」そんな声があちらこちらに起こっていた。

だが敏次と寺島は違っていた。言葉の意味が解るからこそ……。そう、まさに当事者が自分達であることを悟ったのだ。二人は顔を見合わせ、しばらく話し合った。

「通訳なんかすると、後でどうなるかわからないですよ」

「いや、でも思い切って出て行った方がいいようにも思うのだが……」

と、寺島。

「そうですねぇ……」

敏次は躊躇《ちゅうちょ》した。だが結局、助かる機会が多いかもしれないということで、二人は列をかき分けて前に進み出た。

敏次と寺島の他にも四名ほど名乗り出た者がいたが、個別に口頭試問された後、通訳として採用されたのは敏次と寺島だけであった。敏次と寺島は、別々の収容舎に連れていかれた。北陵は広い。ソ連軍は北陵の広場に本部を置き、かつての宮殿を幾つかの塀によって区切って収容舎に仕立てていた。区切られた中の最も奥まった場所——それは昔、清朝の皇帝達が休息のために用い、美酒に酔ったところである——その最も良い建物から順に、ソ連軍の位の高い者が宿舎として取っていっていた。次の区画には、粗末な簡易兵舎と並んで捕虜《ほりょ》の収容舎が応急に建てられていた。ロシア語で言う〝プレハブ〟の技術で、あっという間に作ったらしい。

敏次は、塀の上にさらに打ち込まれた杭《くい》にからむ有刺《ゆうし》鉄線の中に、三日月を見ながら収容舎の中に……いや、入っていったのは兵舎の方であった。収容舎の周りには厳重な警備がなされていて、たくさんの兵隊が見張りに立っている。同じような建物に見えても、今、敏次が入ろうとしている兵舎の方には、入口に一人の兵隊がいるのみである。

敏次が不審に思って、その理由を尋ねようかと迷っているうちに、一つの部屋の入口のところへ来てしまっていた。鍵《かぎ》のない、そのドアを開けると、敏次をここまで連れてきた兵士は、疑問に答えるかのように喋《しゃべ》りだした。

「あんたァ、ほんとに運がいいねぇ。ここは俺達なんかより、もう少し偉い奴らが入るとこなんだ。あんたには通訳をしてもらわなくちゃあなんねえから、他の奴とは別にするんだと。見張りがいつも一人つくが、まあ、平気さぁね。必要なものがあったら言ってくれよ」

部屋には、粗末ながら、イス、ベッド、机らしきものまで置かれていた。

兵士はランプに灯をともした。敏次はその灯りによって初めてこの男が赤毛であることに気づいた。いかにも農家のおじさん風の、小肥りで気のよさそうな印象の男である。彼は〝スパコイノイノーチ（おやすみなさい）〟と言うと出て行ってしまった。事態のなりゆきにただ驚き怯《おび》えるばかりだった敏次は、ようやく自分が〝おやすみなさい〟の返事をするのを忘れていることに気づいた。慌ててドアの方へ駆け寄ったが、ノブにかけた手をひっこめると、そのまま靴を脱いでベッドに腰掛けた。そうして、日本語で小さく「おやすみ」と呟《つぶや》いた。外の三日月は、雲の中から時折顔を覗かせたかと思うと、またすぐに引っ込んでしまった。

翌日から取り調べが始められた。どういうわけか、昼は休んで夜にする。敏次自身も最初の日、ごく短い取り調べを受けた。だが「塹壕《ざんごう》掘りしかやっていない」と言った言葉を、そのまま信じてくれたようであった。敏次は四五年七月に召集されたが、もう既に武器も軍服もないような状態で、毎日塹壕掘りばかりやらされていた。そうして一か月もしないうちに敗戦になってしまった。寺島をはじめ、満鉄職員として一緒だった人の中には敏次と同じように、武器も軍服も手にしないまま敗戦を迎えた人が少なからずいた。

自分自身の取り調べの次の日から、敏次の通訳としての仕事も始まったが、ソ連軍の狙《ねら》いは職業軍人を見つけ出すことになったらしい。最初の通訳を始める前に、勲章をぶらさげた士官がやってきて、

「お前の知っている奴で職業軍人がいたら、すぐに教えろ」

と、声高に言い放った。

しかし、職業軍人がこのような呼び出しにのるはずもなかった。もっと北の方の街では、ソ連軍がやって来るというので、それまでそこにいた関東軍は一般の日本人を見捨てて、どんどん逃げてしまった、という話も敏次は耳にしていた。

敏次は、取り調べ室のうす汚れた窓に映る、夕焼け空を見つめていた。埃《ほこり》まみれの空の中に、夕陽だけがくっきりと、その輪郭《りんかく》を浮かびあがらせていた。

数日が過ぎた。通訳をした日本人の中にはまだ一人の職業軍人も見つからなかったし、それらしい者もいなかった。仕事も慣れてくるに従って、忘れていたロシア語の語感が戻っていった。

夕方六時になり、兵隊達が食事を済ませると、敏次は呼び出される。そして、ざら紙数枚と鉛筆をもらうと、取り調べが開始される。よほど怪しくない限り、大した質問もせずに終わってしまうから、毎日十時前にはその日のノルマは終わってしまっていた。不思議な毎日であった。

敏次は話すのはうまくなかったが、書く方は少しはましだった。時々、兵士が敏次のざら紙を見ていくかと思うと、

「おまえさんは、話すのは下手だが、書くことにかけちゃあ、俺達なんかよりずっと早くてきれいだよ」

と、妙なお世辞を言ってくれたりもした。敏次は学校でロシア語を専攻していたにも拘《かか》わらず、ロシア人とつき合うのは初めてだった。街のうわさでは、ロシア人は平気で人を殺したり、物を盗んだりすると言われていたが、うわさに聞いていたロシア人の姿と、現に自分が接しているロシア人達の姿を重ねることはどうしてもできなかった。部屋の監視をしている兵士も、時々中に入ってきてはおしゃべりをしていったし、中には食べ物を持ち込んで、一緒に食おう、と

いう者まで現れた。はじめは警戒して、何か策略があるのかもしれない、と思っていた。だが、申し出を拒むわけにもいかず、向こうの話を〝ウン、ウン〟と聴くだけであった。しかし、次第に不安は敏次の胸の中からかき消されてしまっていた。中には自分の上官の悪口を呟《つぶや》く者さえいたほどである。その時ばかりはよっぽど、「そんなことを私なんぞに言って構わないんですか」と言おうかと思ったが、考え直して言うのをやめた。同じ仲間よりも捕虜である日本人の方が、思い切って話をしやすかったのかもしれない。敏次は自分の考えは滅多に口にしない男だった。俗にいう〝聞き上手〟であった。彼の所へ来て、故郷や家族の自慢話をひとしきりすると、兵士達はみな満足する模様であった。

しかし、不安が心から完全に消えたわけではなかった。いつ、どうされるか分からない。残してきた妻と子ども達はどうやって暮らしているのかと思うと、思わず寝台からはね起きずにはいられなかった。夜中に何度もうなされて目が覚める日が続いた。

乳白色の空が寒気を呼んだ朝、思わぬことから、みんながどうなっているかが分かった。自分が通訳した取り調べが七〇人以上済んだ頃のこと、集合の笛が中庭（収容舎と兵舎の間の空間）に鳴り響いた。朝、そのようなことがあるのは初めてだったから、笛の音に気づいた敏次は、朝の支度《したく》を始めた。寝台のわきに腰かけて靴を履《は》き、部屋から一歩踏み出した途端、腕をギュッと掴《つか》むものがあった。最初に敏次を部屋へ案内した赤毛の男である。

「行くのはよせ。ああやって整列させられて、名簿に名が載せられた順にシベリア行きになっちまう。悪いことは言わん、絶対に行くな」

そう言って、その男があごの先で示した中庭には、確かに五〇人程の列が作られ、まさに人数を数えられているところであった。兵士の茶褐色《ちゃかっしょく》の瞳《ひとみ》は曇ったまま、どこか遠い所を見つめていた。いつもは笑顔を絶やさず、下手《へた》な冗談を言って人を笑わせるその男が、そんな暗い顔をするのを敏次が見たのは、ただこれ一度っきりであった。男はまた気を取り直したかのように、ポケットの中からチーズを取り出して、敏次にそっと渡した。

「ここの食事はまずいけど、チーズだけは別だ。ハッハッハ」

そして、小声で、

「朝は決して出るなよ」

と加えたところで話しは途切れた。食事係が敏次のところへ食事を配りにきたのである。

廊下に立ったその赤毛の兵士の心の中に、シベリアへ行ったまま二度と戻らなかった父と、その死亡の知らせが届いた冬の終わりの日の思い出が呼び起こされたことを知る者は誰もいなかった。敏次が、トタン屋根をポタ、ポタと打つ音を聞いたのは、それから間もなくのことであった。

その朝からの雨は、なかなか降り止まなかった。

敏次の妻、ふみは、窓を打つ雨の音しか聞こえない部屋の中で、何もせずに座り込んでいた。今しがた、一人の来客を送り出したところである。ふみの心配通り、夫は一日たっても、二日過ぎても帰ってこなかった。ふみは何としてでも敏次の行方を探し出そうと決意し、夫の満鉄での同僚に頼んで、八方手を尽くしてみた。とうとうある日のこと、一人の知人が、もしかしたら北陵に連れていかれた日本人の名簿が見られるかもしれない、という話を持ち込んできた。ふみは、自分の一番大切にしていた着物をその知人に託し、ソ連の兵隊にこれを渡して名簿を見せてもらうように、と手をついて頼んだのである。

数日後、再びやって来たその知人は、暗い表情で口を開いた。

「残念ながら、名簿からは名前は消されていたそうです。奉天で集められた日本人を収容しているのは、北陵だけなのだそうですから、恐らく野坂さんは、もう……もう、シベリアへ送られてしまったのであろうと思います。さぞご心配なことでしょうが、とにかく、あなた方は一刻も早く内地へ帰られた方がよいですな」

ふみは、予期していたこととはいえ、愕然《がくぜん》となった。——実際には敏次の名が消されていたのは、通訳となったからであり、シベリア送りの名簿の方には名はなかったのであるが——、しかし、それをふみが知る由《よし》もなかった。

部屋の片隅で昼寝から覚めた四歳の娘が、

「おかあたま……」

と呼んだ。ようやく我に返ったふみは、

「あら邦子、もう目が覚めたの?」

と返事はしたものの、出るのはため息ばかりで、夕食の支度をしに買物へ出ることさえ大儀に思えた。ふみは、姉娘の協子が、学校で同級生から聞いた話として、蒼《あお》い顔で伝えてくれた話を思い出していた。それは、その同級生が実際に経験したことであった。

当時の奉天駅では、石炭を積んだ貨車が、頻繁に出入りしていた。石炭はおろされる時、構内にたくさんこぼれ落ちた。敗戦によって明日の食糧にもこと欠くようになっていた日本人にとって、その石炭を拾って売り、わずかな金を得ることでも生きるためには必要であった。拾いに集まったのは殆《ほとん》どが大人だったが、一一歳のその同級生はその日、病気になった家族に替わって拾いに来ていた。それまで国民党軍は、石炭を拾う日本人達に対して黙認していた。だが、人から人へと伝わって、日に日に集まってくる日本人は増えていった。国民党軍は、何度か注意を促《うなが》し、追い払った。しかし、大勢いる、ということで次第に大胆になっていた日本人は、注意を聞かなくなった。遂にその日、堪忍袋《かんにんぶくろ》の緒《お》を切らした国民党軍は、見せしめのために射殺を決行した。

集まっていた日本人の五〇人近くが急に兵隊によって二列に並べさせられた。同級生も後列の端の方に立たされた。数人の兵士が列の前に配置された。と、その時、近くにいた国民党軍の一五、六歳とおぼしき少年兵がこちらの方を見て、必死に〝逃げろ〟という合図を目で送ってくれていることに気がついた。銃口は向けられようとしている。もう迷っている暇はない。同級生は少年兵に一瞬、頷《うなず》いてみせた。次の瞬間には線路の上に飛び降り、向こう側のプラットフォームへ駆《か》け上がった。走った。背後で最初の銃声が轟《とどろ》いたかと思うと、続く銃声とともにあたりをつんざく悲鳴が起こった。後ろを見てはならないと思った。だが、構内から逃げだそうとする群衆の中に紛れ込んだ時、思わず振り返ってしまった。折り重なるように倒れた人々とプラットフォームの間に、血の海が広がっていた。そして、先ほどの少年兵の目が、まだ自分を追っていることに気づいた……。

同級生の話は、そこまでで途切れたという。

ふみは思わず目をつぶった。協子の同級生の中には、終戦後、行方《ゆくえ》不明になった者が数名いた。恐らく、今の同級生のような目に遭《あ》い、不幸にも命を落としたのであろう。また、栄養失調やそれに伴う病気で亡くなった者もいた。家の周りで、見知らぬ人が冷たくなって倒れていたり、射殺死体が置かれているのを、ふみも一度ならず見かけていた。奥地からの引き揚げ者を収容する施設からは、たくさんの死体が運び出されていた。その人々を土中に埋める穴を掘ったり、一度埋めた死体を他所へ移すための労役《ろうえき》には、子どもまで動員された。奥地から転校してきた協子の同級生の一人は、死んだ妹を埋める穴を自ら掘っていた。関東軍から見捨てられた奥地の民間人は、自分の力しか頼るものはなかった。だが、その力を〝内地〟へ辿《たど》り着くまで、保ち続けられる者は少なかった。奉天の収容所には、栄養失調と伝染病が拡がっていた。

この頃の奉天には、ソ連軍、蔣介石《しょうかいせき》の国民党軍が入り混じっていた。そして、毛沢東《もうたくとう》の八路軍《はちろ》（共産党軍）は郊外にいて、ゲリラ戦を繰り返すという、まさに混乱状態にあった（後にソ連軍は話し合いによるものと思われるが、撤退し、国民党軍と共産党軍の小競《こぜ》り合いとなる。瀋陽では市街戦にまでは発展しなかったが、郊外で衝突して、発電所が破壊されるまでとなった。国共内戦と呼ばれるこの戦いは、国民党軍の優勢に始まったが、やがて一九四七年から共産党軍が反攻し、四九年の中華人民共和国成立へとつながる）。

敏次という一家の大黒柱がいなくなった家族にとって、これほど心細いことはなかった。ふみは、こうなっては一刻も早く引き揚げるしかない、と思った。現にソ連兵が毎日のように近所をうろついて、強奪《ごうだつ》を繰り返していた。ふみのところへも三日程前にやって来て、指輪やブローチ、そしてなぜか（恋人にでもあげるつもりだったのか）刺繡《ししゅう》見本まで奪われてしまったところであった。身の危険は、日増しに募るばかりであった。

「協子」

学校から帰ってきた協子に、ふみは急に呼びかけた。

「お父様はね、やっぱりシベリアに連れて行かれたって」

「……」

協子は何も言わず、母の顔をじっと見つめた。ふみは、

「いまいましい露助《ろすけ》めっ」

と呟《つぶや》いたかと思うと、立ち上がって、簞笥《たんす》の引き出しを開けた。雨はまだ止みそうになかった。

街の石畳の道を走っていく荷馬車が、水たまりを散らしていくのを協子は見ていた。


敏次は、寝台で仰向《あおむ》けになって、天井の一角を凝視《ぎょうし》していた。もう、三〇分もそうしたままである。夕食にはまだ少し間があった。捕らえられてからもう二四日が経《た》っていたが、夜の取り調べは続いていた。新たに日本人が連行されてきていることは確かであった。

——いつまで続くのだろうか——

と、幾度となく同じ問いを反復していた。

敏次が考えをあれこれ巡《めぐ》らせているうちに、外から声が聞こえてきた。食事係が監視係の兵士に敏次の分を渡しているらしい。敏次が起き上がって靴を履きかけた時、ドアが開いた。ドアの方向に目を向けた途端、敏次はびっくりしてしまった。目の前に立っているのは、一人の

少年であった。いや、少年ではない。少年兵なのだが、まだ顔にはあどけなさの残る〝坊や〟であった。金髪は短く刈られているが、青く澄んだ目はくりくりとして大きい。一か月近くいて初めて見かける顔であった。

少年は黙って食事を机の上に置くと、部屋の中を、物珍しそうに見回した。とっさに敏次は、

「かけませんか？」

とイスをすすめてみた。たとえ相手が少年であっても、捕虜の身でぞんざいな口をきくことはできない。少年は、一瞬困惑した表情を見せたが、イスを引いて腰掛けた。少年は、数秒間どのように話を切り出そうかと迷った様子だったが、自分の手に持っている銃を敏次の前に差し出すと、如何《いか》にも誇らしげに、

「この銃は、ドイツ兵から取ってきたんだ。これだけ性能のいいやつは、ソ連でもほとんどないんだぜ」

と言った。

「へぇ、ドイツからこちらの方にまわって来たんですか？」

「うん、この部隊はみんなそうなんだ」

少年はちょっとの間、考えて、

「ここで生まれたの？」

と敏次に尋ねた。どうも自分の故郷の話がしたいらしい。

「いいや。青森っていう所で生まれて育ったんですよ。海を越えた向こうの方の……、雪がたくさん降る所」

「そうかぁ。僕はウクライナなんだ。キエフの近くの村でね」

少年は待ってましたとばかり、自分の故郷の農場や両親の話を始めた。ウクライナの春や、農作業の忙しさについて語る少年は、本当に〝少年〟そのものであった。――こんな子どもまでが、武器を取って手を血に染めなければならないのだろうか――。そんな思いが敏次の胸の中を走った。――きっと、一番年少だから、周りの兵士からは子どもとしか見てもらえないのだろう。鉄砲を自慢することもできず、故郷の話にも誰も耳を傾けてくれないのかもしれない――。一人の日本人捕虜に一生懸命に話をしている目の前の少年が、不憫《ふびん》に思えてならなかった。

話し声が途切れた。少年は満足そうに、にこにこと微笑みながら敏次の方を見ていたが、急に奇声《きせい》を発したかと思うと、

「はやく、食事を食べなくちゃね」

と言って立ち上がった。監視の役目を忘れたことに気づき、大慌《おおあわ》てした様子だ。

「ぼく、サーシャって言うんだ。機会があったら是非来てくれよ。母さんにたのんで、いっ

ぱいご馳走を作っておくからさ。じゃあ！」

〝ウクライナのサーシャ〟は、弾丸のごとくドアの向こうへ消えていった。ウクライナのことも言わず、会おうにも会えるはずがないのに……。敏次は、向こうから名乗られたのは初めてであった。捕虜に名を告げる子どもらしさに、なぜか胸がしめつけられる思いであった。パンを手にしたまま、再び寝台に横になった。

いつの間にか、トタン屋根を打つ雨音は小さくなっていた。

数日後の朝、敏次は慌《あわ》ただしい気配に目を覚ました。床をドカドカと踏みならしていく大きな足音と飛び交うかけ声の中では、もはや寝てはいられない。敏次にしては珍しく、自らドアを開いて監視係に問う気になった。

「一体、どうしたんですか？」

「移動だよ」

「えっ？」

悪い胸騒ぎがした。このままシベリアに連れていかれる可能性が高い。どうすれば助かるだろう？　敏次は脱出方法を考えようと必死に知恵を絞った。こうなったら機会を狙《ねら》って逃げるしかない……。

だが、一時間としないうちに、誰かがドアを叩く音がした。見ると二、三度話したことのある若いノッポの兵士だった。彼は伝言を持ってきたのだ。

「もう間もなく移動ということになって、今日、俺達は街に出かけるんだがぁ、あんたも連れてってやろうと思ってね」

やや訛《なまり》のある言葉で、兵士は続けた。

「昼頃出ようと思っとる。それまでは、ここで待っとってくれな」


時計を取り上げられていた敏次に、正確な時間を知ることはできなかった。足音一つ一つに耳を澄ませ、辛抱強く待ち続けた。おそらく昼を少し過ぎたであろう頃、再びドアを叩く音がした。先ほどの兵士が、大きく重たそうなリュックを手にして立っていた。

「ハッハッハッ。どさくさに紛《まぎ》れて缶詰を持ってきたよ。あんたのおみやげだよ」

敏次はたじろいだ。その様子を見た兵士は、

「なーに、心配ないって。さ、早く行こう」

と笑いながら敏次の腕を引っ張った。

歩くとみしみしいう床を小走りで連れられ、気がつくと兵舎の出口に来ていた。敏次にとっては久々に吸う外の空気であった。思いっきり胸の奥まで吸い込むと、めまいがするような錯

覚を起こすほど澄んだ空気だ。

中庭を抜けた所に、一台のトラックが止められていた。

「あんたぁ、荷台の中に入ってちょっと待っててくれよ」

ノッポの兵士は手にしていたリュックを荷台に置いたかと思うと、奥に戻っていった。

トラックの荷台の中からは複数の声がしており、誰かが、あがれ、あがれ、と敏次に合図を送っている。寺島だ。

「寺島さん！」

「野坂君、まあ、上にあがって」

寺島の横にもリュックが置かれている。

「どうやら、我々を街まで送ってくれるようだよ」

「と、いうことは、帰してくれる、という意味でしょうか……？」

「ああ、そうだ」

寺島は顔をほころばせながら応えた。

気がつくと、荷台の奥の方に六人の兵士達が座り込んでいた。みんなにこにこと満面の微笑をたたえている。六人の中には、敏次を最初に部屋に案内した、あの赤毛の男の顔もあった。

目が合うと、

「おみやげ、見たかい？　缶詰やバターだからな。重いだろうけど持ってってくれよ」

と、相変わらずの笑顔で話す。

声がした。荷台から外を振り向くと、ノッポが戻ってきており、赤毛に両腕いっぱいの包みを渡していた。その包みから赤毛の男はオーバーと毛布を取り出すと、敏次と寺島に手渡した。

「こりゃ、あんた達の軍隊から持ってきたもんだから、気にしないでいいよ」

彼は、オーバーと毛布をリュックに詰め込もうと格闘していた。日本の軍隊の物資は確かに上等だった。一目でわかる。一番良質のものはまず軍に渡り、質の悪いものばかりが民間にまわされた。良い毛織物から作られたオーバーや毛布は、敏次や寺島が、ここ数年来、お目にかかったことのないものであった。思わず敏次が、

「本当にいただいてしまって構わないんですね？」

と、念を押すように尋ねてしまった程だ。ノッポの後ろにいた兵士が、

「ああ、いいとも。どうせこの移動騒ぎじゃ、誰も気がつかないんだから」

と答えた。

急にエンジンがブルンブルンとまわった。ノッポの兵士は、他の六人に、

「俺もすぐに行くから」

と言うと、敏次と寺島の手を握った。

「元気でな」

トラックは動き出し、ノッポの兵士はすぐに見えなくなった。

動き出したトラックの中で、赤毛の男は敏次たちに話してくれた。

「あんたら、危ないところだったんだよ。俺達の上官はあんたらのこと、通訳として、シベリアに連れて行くつもりだったらしい。でも通訳なんかしていると、普通に連れて行かれる日本人よりも危険な目に遭うおそれが高い。下手すりゃ殺されちまうからな。あんたら、もう通訳なんぞ、しちゃならねぇぞ」

赤毛をはじめとする兵士達は、どさくさに紛れて、危ういところでこの二人の日本人の命を救ってくれたのだ。その事態をのみこめた敏次は、胸がつまされた。

赤毛の男は、最後につけ加えるように、ポツンと、そして寂《さび》しそうに笑いながら呟いた。

「俺達だって、シベリアへなんか行きたくねえからな」

彼の話を継いで他の五人が語り始めたが、どうやらその話によれば、兵士達は自分達の上官のことを快く思っていないようであった。

やがてトラックは街の中心の方に入り、一つの角に来て停止した。一人を残して、他の五人の兵士らは荷台から降りていく。赤毛の男も降りた。奉天《ほうてん》駅に向かうのだと言う。彼らは口々に、

「からだに気をつけてな」
と言って握手を求めた。彼らはぶ厚い手で敏次や寺島の手を固く握りしめ、何度もふった。二人の日本人の手が少々しびれてしまうほどに……。最後に敏次の手を握ったのは、赤毛の男だった。
「長生きしとくれよ」
と言った。にこにこしていたが、茶褐色の瞳だけは笑っていなかった。

いつまでも大きく手を振っている五人の姿が、遠く小さくなっていった。トラックは再び動き出している。時々、小さな揺れがあるだけで、どこまでも平坦な道を進むトラックの動きは滑らかだった。

残った一人の兵士は、口笛で〝ステンカラージンの歌〟の旋律《せんりつ》を吹き始めた。敏次は膝《ひざ》をかかえこむと、視線を下の方に落としていった。

——考えてみれば、おかしな話だ。捕らえられたというのに、現在こうして、みやげまでつけて帰されようとしている——。

同じようにソ連軍の呼び出しに応じた日本人がシベリアへと送られる中、自分はシベリア送りにならずに帰されるということに、〝うしろめたさ〟も確かに感じていた。一方で、助かるという現実を素直に肯定したい思いもあった。葛藤《かっとう》する心をかかえつつ、この一か月間のことを振り返ると、すべてが幻想であったかのような気もしてきた。

――それにしても、素朴《そぼく》で、本当に人がよいよなあ――

敏次は、自分と寺島を助けてくれた兵士たちのことを思い返していた。ロシア人も、一人ひとりの異なる人格の持ち主である、ということに改めて思いを至らせていた。本来なら、それこそが当たり前であるはずなのに……。

戦争において、「個人」は抹殺《まっさつ》される。個人の感情は引き裂《さ》かれ、踏みつけられていく。権力を握るごく一部の人間だけが、自分の都合のよいように、他の人間たちを操《あやつ》り人間に作り変える。戦う相手国の人間は、すべてが同じ人格しか持っていないかのように、いつの間にか思い込まされ、平気で人殺しができるようにさせられてしまう。権力者は、憎み合う心のみを要求するのである。

中国人から土地を奪った時、日本人はそれは〝正当なこと〟だと信じていた。信じ込んでいた。しかし敗戦後の今、「満洲」に渡った日本人には、もはや〝殺される〟か〝追い出される〟かの二通りの道しか残されていなかった。関東軍は逃げ帰り、事実上、大陸の日本人は見捨てられてしまった。中国人から土地を奪った日本人が、そこから追い出されていくのは当然のことである。中国人に対する加害者であるという事実から逃れることはできない。だが、操られていた糸をぷっつりと切られ、〝信じていた〟ものを失った彼・彼女らもまた、やはり〝犠牲者〟

に違いなかった。

敏次はふいに空を見上げた。薄紅《うすくれない》に染まろうとしているところだった。気がつくと、トラックは奉天大広場に入りかけていた。徐々に動きは鈍くなり、そして広場を半分まわりかけた所で止まった。兵士は口笛をやめ、敏次と寺島に、ふくれあがったリュックを背負わせた。

「気をつけて帰んなよ」

兵士は、二人と握手をし、一度降りかけた荷台へ再び戻っていった。

「ダスヴィダーニャ！（また会おう）」

と大声で言いながら、走り出したトラックから手を振り続けてくれた。


二人の日本人は家路についた。その行く道の両側には、あらかた葉をふるい落としてしまったポプラ並木の街路樹が植わっていた。冬はもう目の前に迫っていた。ポプラの細長い影が、二つの人影とくっついたり離れたりしている。夕暮れの街を行く人通りはまばらだ。敏次は歩みをゆるめ、ゆっくりと後ろを振り返った。日が沈もうとしている。

夕陽にはすべてが見えていた。だが、夕陽は何も語ろうとはしない。何も教えようとはしないのだった。


【参考文献】貝塚茂樹著『中国の歴史　下巻』（岩波書店、一九七〇年）

〔付記〕 一九八〇年の夏、父母と私は中国旅行に行きました。六つの都市をまわりましたが、瀋陽もその一つでした。母（この話の中に出てくる協子）は初め、行くことを随分とためらっていました。しかし、実際に行ってみると、瀋陽の人びとは私達を温かく迎えてくれました。革命委員会の方が話をつけてくださり、母はかつて住んでいた家の中に入れてもらいました。同行した父と私も、母と一緒に、庭になった葡萄《ぶどう》をご馳走になりました。その家の住人であるお姉さんは、とても美しい方でした。今でも、そのお姉さんの健康そうな赤い頬の色が目に焼きついています。

けれども、私にとってこの中国旅行はつらいものでもありました。温かいもてなしを受ければ受ける程、私は自分が一人の〝奈須恵子〟である以前に、〝日本人〟であることを痛感せずにはいられなかったからです。

祖父がどのような気持ちで中国東北地方（「満洲」）に渡り、やがて引き揚げてきたのかを、今ではもう誰も聞くことはできません。私が二歳の時、逝ってしまいました。この話は、母や祖母が記憶を辿ったものをもとにしているので、不確かな部分も多いのですが、生前、祖父は自分を助けてくれたロシア人達に、もう一度会いたいと語っていたそうです。

ソ連（現在はロシア）にしろ、中国にしろ、日本人からみると、理解し難い国というイメージが先行しがちかもしれません。でも、両方の国をほんの短い間だけれども旅行して、その国の人びとに会ってきた私にとっては、彼らの温かさも決して忘れることはできません。

ソ連を訪ねた時はまだ五歳で、殆ど思い出は残っていないけれども、妙に脳裏に焼きついて離れない場面がありました。それはモスクワのホテルのロビーでエレベーターを待っていた時のことです。掃除係の恰幅《かっぷく》のよいおばさんが、私をふいにだっこして、エレベーターのボタンを押させてくれました。おばさんは何か話しかけてくれたようでしたが、その内容はわかりません。でもこのごく他愛ない場面と、その時のおばさんの太くてたくましい腕のことは、今でも思い出します。

戦争になれば、お互いの国民がすべて憎み合わなくてはならなくなるでしょう。憎み合うように仕向けられていくでしょう。

私は、あの赤い頬っぺたのお姉さんや、人なつっこい、たくましい腕のおばさんが、不幸な思いをすることのないように、今でもひたすら願っています。

〔なす・けいこ〕

〔奈須恵子さんのこと——おのだ めりこ記〕

奈須恵子さんの作文「夕陽に捧げし歌」32枚が提出されたのは、一九八一年三月の卒業式間近のことでした。秋に提出された作文は、クラス内での回し読みや手書き文集として、すでに級友たちに共有されていました。それに間に合わなかったことを残念がった仲間の一人が書写を買って出てくれて、B５版16ページの「一人文集」が完成したのは卒業式の朝でした。以来三五年間、私の手もとに残された手書き原稿が今回の22編の最後を飾ってくれました。

奈須さんは現在、立教大学文学部教員。テーマは「近代日本における対『外』認識の形成と育成」、特に東洋認識やアジア認識を、歴史教育や地理教育から考察しておられます。

この作文で主人公・敏次に「大陸の日本人の置かれた立場」として、「中国人に対する加害者である事実から逃れることはできない」と語らせています。今日の研究や関心の出発点が、早くも中学時代に芽生えていたということになるのでしょうか。「中学一年時の創立記念日講演で聞いた『日本人の戦争加害責任』ということばが、以来、私の心に焼きついて離れない」と語ってくれたことがありました。

大島孝一先生（一九一六年～二〇一二年）が、院長在任時（一九六六年～一九八〇年）の女子学院生は、大島先生が折に触れて語られた「日本人の加害責任」を、生涯背負って生きているのかもしれません。教師であった私も同じ思いでいます。

＊——本書に寄せて

いつまでも「戦後」のままに

◉作家　早乙女　勝元

戦後70年の企画がマスコミの話題になっているが、それは歴史的な節目であると同時に、この国の未来にとって、深刻かつ重大な岐路でもあるからだろう。

節目のほうからいえば、戦争のさまざまな実体験者は超高齢化して、直接の語り継ぎはもはや限界にきている。残り時間は少ない。ほどなくして戦争体験は「歴史」に移行し、追体験時代入りとなるが、圧倒的多数となった戦後世代は、戦争体験をどのように継承してきたのだろうか。過不足はなかったのだろうか。

そこで、ふと思い出したことがある。

一昨年（二〇一三年）の八月一五日、私は出先の喫茶店で会うべき人を待って、コーヒーを飲んでいた。店の奥にテレビがあって、どこの局の放送かはわからなかったが、街頭に立ったアナウンサーが通行人（といっても若者たちを対象に）にマイクを向けていた。

「今日は何の日だと思いますか？」

さぁてと首をかしげる者や、軽くいなして行く者もいたが、私が見ている限りの回答は共通で、「お盆《ぼん》です」だった。

お盆には違いない。しかし、とっさに敗戦とか終戦とか、ぴんとくる者がいなかったのに衝撃を受けた。

関連してだが、昨年暮れの新聞世論調査（毎日新聞14・12・25）にも、思わず息をのんだ。この種の調査を全面的に信用はしないが、参考にはしたい。同紙の質問で気になったのは、次の二点である。これまで日本の平和の礎石となってきた日本国憲法について、「読んだことがありますか？」の問いかけに、「ない」が70％（20代は81％）で、第二問、20代の6割が「戦争体験を聞いたことがない」と答えていた。

若い世代の二人に一人余りは、かつての戦争の実態を、聞くことも学ぶこともなしにきたということなのか。

それでは八月一五日も「お盆」でしかないわけで、日本がどこの国と戦争をして、どっちが勝って負けたかも「？」になりかねない。ため息が出るような現実だが、それは彼らの責任ではないだろう。彼らに二度と戦火の下を逃げまどうことなしとする大人たちやマスコミの決意と、その戦争体験継承に不足があったとはいえないか。

日本国憲法を読んだことがない20代の81％も右と無関係ではなく、「この憲法が国民に保障する自由及び権利は、国民の不断の努力によって、これを保持しなければならない」（第12条）を、幼児期から青春期への成長過程で、家庭、学校、その他のメディアでも「不断の努力」を軽視してきた結果ではないのだろうか。

すると、社会的関心が育ちにくく、政治や社会の動きに無関心へと流されやすくなる。最近の選挙の投票率が平均50％を切り、時には30％台まで低下していることも同様で、私はこれを危惧せずにはいられない。

時の権力者が、自衛隊を「わが軍」と称して、「この道しかない」と自信あり気に人さし指を示せば、国民を戦争に総動員した「いつかきた道」であるかどうかを見抜くことは、容易ではないだろう。

その隙《すき》を狙っていたかのように、政府の特定秘密保護法やら集団的自衛権行使容認への動きが暴走している。憲法九条の骨抜きであって、これはまぎれもなく「平和国家」から「戦争国家」への転化を意味すると、私は恐れている。次世代に手渡すべき平和と民主主義が、戦後最大のピンチを迎えた、といえるのではないか。

この危機を打開する一つは、過去の戦争が民間人、特に社会的弱者たる子どもや女性たちにもたらした惨禍《さんか》の事実を知ること、学ぶことだろうと思う。

それは、単に歴史を後ずさりする行為ではない。過去につながる現代社会の認識を深め、現在から明日に続く未来を、より人間らしく平和な社会に生きるためである。

すなわち、現在↓過去↓未来への心構えがあれば こそ、戦争体験があろうとなかろうと、小さな屋根の下で、あるいは教室で、私たちは過去の歴史の追体験が可能となる。そこで得た知性と想像力を、「政府の行為によつて再び戦争の惨禍《さんか》が起こることのないやうにする」決意（憲法前文）にまで高められたらと思う。

目下、私たちが運営する東京大空襲・戦災資料センター（東京都江東区北砂）は、民立民営なのだが、「知っているなら伝えよう、知らないなら学ぼう」と呼びかけ、開館から一三年。今では年に二〇〇校(グループ訪問を含む)からの修学旅行生が訪れるようになった。決してリッチなミュージアムではないが、一夜にして10万人もの生命が失われた米軍機B29による「炎の夜」を語り継ぎ、東京で唯一の平和学習の場になっている。

センターにやってくる中・高校生たちの反応はさまざまだが、その中でこんな質問が出たのを記憶している。

「戦災の経験を聞いたり書いたりすることで、戦争をくいとめられるんですか」

「さあて、君はどう思う?」

彼は苦笑して、頭をかいた。

「残念ながら、物理的な力にはならないだろうね。でもね、戦争を阻止する方向への差し当りの一歩にはなると思う。体験者は語り、記録する。そして君たちは、過去の戦禍をきちんと知り、学ぶ。それが未来の平和に生かされることは確かで、君たちは決して傍観者であってはならないんだよ」

私は、そんなふうに答えたものだ。

みんなが、すぐにでも出来そうな差し当りの一歩を踏み出すことが大事で、沈黙は認めたことになる。階段は踏みはずすことがないように、一歩ずつ着実に登りたい。いささかじれったいようだが、それぞれが過去の歴史と向き合うことで、同じ過ちを繰り返さぬ主体性を身につけることができる。追体験のカナメとなるのは、そうした知性と想像力ではないのだろうか。


などと考えている時に、何度か講演に招かれたことのある東京の女子学院中学校三年生の戦争体験聞き書きレポートが、どさっと送られてきた。同校は八〇年代から、「身近な人たちの戦争体験聞き書き学習」に、取り組んでいる。その趣旨やいきさつは編者であり、同校国語科教師だった小野田明理子さんが書いてくれるはずなので、重複を避けたいが、今回は二二本の記録が選ばれている。聞き取りした年代は異なるものの、筆者の全員が中三の女子生徒で、書き方の手法は一人称ではなく、相手の身になっての客観描写ということだが、どのレポートも実によく書けているのに感心し、強く心を揺さぶられた。

テーマの戦争体験は多種多様だったが、初期の語り手の大半は父母だったものが、そのうち祖父母となり、さらには「身近な」誰かさんへと、筆者からどんどん遠のいていく。戦後の歳月のせいだが、それでも聞き出すのは、容易ではなかったことがわかる。

「何も語りたがらない父に、〝宿題だから〟と無理やり頼み込んで、……聞かせてもらいました」とは、武田和子さんの〔付記〕だが、それは決してお茶飲み話で語れるような内容ではなかったからだろう。

話せば思い出す。思い出すのは生身《なまみ》のかさぶたを引きはがすような痛苦を伴う例がほとんどで、語り手の口を重くしている。娘が「宿題だから」と迫っていかなければ、そのままの沈黙がずっと続いていたかもしれない。その気持ちは理解できなくはないが、それでは戦争の歴史は途絶してしまう。戦争体験者はさまざまな体験を思想化して、戦後を生きる指針と姿勢が必要だったのではないのか。

峰沢朝美さんの母は、祖父の出征時にまだ五歳だった。雨中に旅立った祖父は、走る列車から小石にくくりつけた手紙を家近くの踏み切りに投げ捨て、たまたま拾った人から家族へと届けられる。

祖父はラバウルで戦死し、小石の穴のある遺書は、母から娘へと手渡される。母は夫の形見の品を、押し入れの奥にずっと保管していたのである。

「生まれて初めて見る祖父の文字。わずか二八歳で死ななければならなかった祖父は、さぞ無念だっただろう」

この一行はあまりにも重く、孫娘の心に永久に生き続けるにちがいない。

東京大空襲の三月一〇日（一九四五年）、桜田家では祖母が四歳の新平君をおぶい、一年生の順子さんは隣家の娘さんが背負って、火中を逃げたものの渦巻く大火流の中で、離ればなれになる。一夜にして一〇万人もの生命が失われた修羅場からは脱出できたが、隣家の娘さんと順子さんは、それっきり行方不明のままである。

祖母は筆者の顔を見るたびに、死んだ「順子そっくりだね」と、口ぐせのようにいう。祖母は戦争の話をいやがっていたけれど、「近頃はなるべくむごさを知ってもらいたい」と思っているのだそうだ。

「話しながら私を見つめる祖母のまなざしは、いつのまにか順子さんと私をだぶらせていました。私は二人分生きなくてはいけないのです」

「すまないね　順子」の筆者・下岡正子さんの「付記」である。

その他、書きしるしたい思いが、あれこれのレポートから胸に溢《あふ》れてきたが、もはや枚数が尽きてしまった。

女子学院中学生が受け継ぐ戦争体験は、「二度と戦争を許すまじ」の揺るがぬ決意へと結びつく。まさに中学生でもできる平和のための「差し当りの一歩」で、彼女たちは戦争の起きた原因からプロセスにまで、目を向けてくれることだろう。そのひたむきなまなざしに期待したい。

このような試みが、もしも全国の学校教育の現場で取り組まれたとしたなら、この国の未来に新たな「戦前」「戦中」があろうはずがなく、いついつまでも「戦後」が続くのに……と思わずにはいられない。

〔さおとめ かつもと＝一九三二年、東京に生まれる。一二歳で東京空襲を経験。働きながら文学を志し、一八歳の自分史『下町の故郷』が直木賞候補に推される。『ハモニカ工場』発表後は作家に専念。ルポルタージュ『東京大空襲』が話題になる（日本ジャーナリスト会議奨励賞）。一九七〇年「東京空襲を記録する会」を結成し、『東京大空襲・戦災誌』が菊池寛賞を受賞。二〇〇二年、東京都江東区北砂に「東京大空襲・戦災資料センター」（電話〇三―五八五七―五六三一）をオープン、館長に就任。庶民の生活と愛を書き続ける下町の作家として、また東京空襲の語り部として、未来を担う世代に平和を訴え続けている。〕

小野田 明理子（おのだ・めりこ）

1939 年東京生まれ。戦中・戦後の 6 年間を青森と伊豆に疎開する。
三輪田学園中学、都立戸山高校、東京教育大学国語学国文学科卒業。
1964 年〜 2004 年、私立女子学院中・高校国語科教員。
高文研から出版した『15 歳が受け継ぐ平和のバトン』（2004 年刊）
『15 歳が聞いた東京大空襲』（2005 年刊）の編集にたずさわる。
2008 年より静岡県伊豆高原で、「風に歌う宿／一本のえんぴつ」の
運営責任者を務めている。
メールアドレス：onodameriko@yahoo.co.jp

戦争しない国が好き！
◆女子学院中学生が綴った日本の戦争22話

●二〇一五年 七月一五日――第一刷発行
●二〇一五年 八月 一日――第二刷発行

編著者／おのだ めりこ

発行所／株式会社 高文研
東京都千代田区猿楽町二―一―八
三恵ビル（〒一〇一＝〇〇六四）
電話 03＝3295＝3415
振替 00160＝6＝18956
http://www.koubunken.co.jp

印刷・製本／精文堂印刷株式会社

★万一、乱丁・落丁があったときは、送料当方負担でお取り替えいたします。

ISBN978-4-87498-572-4　C0037